撕几页青春，换一个努力的自己

文吉儿 / 著

北京时代华文书局

目 录

/

CONTENTS

Chapter

2

爱情：被喜欢的人喜欢多幸运

Chapter 3

友情：你是清水，我是奶糖

Chapter

4

人生：不妨不妨，来日方长

Chapter 5

行走：心有多大，舞台就有多刺激

推荐序

文学梦带来的成长有多美好

|

邱华栋/著名作家

很欣喜拿到这本充满春花般芬芳的书稿，让我这个当年的文学少年，感受到一股扑面而来的清香，又回忆起自己当年创作的蹒跚步履。我是16岁就发表小说了，因此，这些年在各种岗位上从事文学编辑、文学组织和作家培训工作，我特别注意发掘新人、推举文学新人。我深信，文学就是一代代的天才少年经过持续的努力，一边成长，一边不断书写而成的结果。没有天才般的写作者，就不可能有文学上的惊喜。

那么，本书的作者文吉儿，通过她的这本散文集，你就能知道她是一个充满灵性的小姑娘。最令我惊讶的是，我得知此时的她，已经出版了四本书，创作总字数也超过了一百万字。我不禁赞叹她的灼灼才华，和她对文学的热爱。我很庆幸在这个多元的时代，还有一批像她一样热爱文学、坚持文学的青年，并在年纪轻轻时就很有成绩。这仿佛是宿命，是她选择了文学，也是文学选择了她。就像她在书中写到的："文字点亮了我的人生……"

这本书很亲切，很接地气。你可以看到少女文吉儿，很早便学会了独立生活，她的文字里也因此满溢着关于自由和独立的思考。她曾咬牙挺过了很多人生关键时刻，也曾在纠结中做出过艰难的人生抉择，面对亲情、爱情、友情、自己的人生与成长，她亦是给出了很多可能。

这本书很真实，很生动具体。你可以看到在夜幕降临的时候，吉儿也和很多同龄女孩一样，也害怕孤独。那些成长中所遇到的委屈、焦虑情绪，都会牵扯着她的神经、敲打着她的心扉，只是不同于那些喜爱吐槽的人，她习惯了自己扛，不对外人讲，这或许是很多文学人的通病。每当夜深人静的时候，便是她将思考付诸笔端的时候，洋洋洒洒，从《穿越缺点小王国》《异想记》《别让梦想只是梦想》到《我很好，那么你呢》。

这本书很饱满，很阳光灿烂。就像捷克小说家米兰·昆德拉在他的经典著作《不能承受的生命之轻》中提到的那样："压倒她的不是重，而是不能承受的生命之轻。"世界从不亏欠每一个努力、认真的人。这句话在这个“95后”闪光女孩身上得到了最好的印证——年仅20岁的她，便获得了人民文学征文奖。

这本书很清新，文字活泼。这本新书稿，是我第一次读文吉儿的文字，和我读其他“90后”作家的文字大为不同。虽然她的文字与成熟型作家相比，仍稍显稚嫩；在情绪表达上，还有些许少年悸动挣扎、表述分散的因子，但在同龄人中，可以说具有文体意识、形式感和控制力，已算是佼佼者了。通过这本书，我想对更多的年轻人说，从现在起，谨慎选择你们的生活和爱好吧，不要畏惧苦难。年轻，就是要在磨砺中学习如何长大，在成长中学会如何挤出微笑，坦诚面对生活。不要夸大你们的痛苦，也不要忽视再小的美好。

这本书的文字，很适合每一个有理想、有梦想的年轻人；书中所展现的自我成长和获得，也适合更多家长阅读。就像吉儿自己说的那样：“走上文学之路，我从此不一样了。”

相信认真阅读过本书的你们，也会“从此不一样了”！也相信更多的人，能够找到你们自己。要知道，找到自己的路，才是最重要的。

推荐序

不必讨好没有尊重的交集

|

陆　翊/歌手

不知道是不是所有人都会时常思考人生，也不知道是不是每个人都愿意用心看这个世界。

人活一世，总有躲不开的喜怒哀乐，总是会被许多真情实感所叨扰与浸透，而快乐与烦恼更是常常交织在一起与我们同行。当你觉得生活是如此的令人向往，却又不可避免地充斥着避不掉的焦虑的时候，清晰而坚定的文字，会是你最好的朋友。

“吉吉”——我常这样叫她。正如字面上她给人的感觉一样，积极、美好、向上、勇敢，又吉祥如意。嗯，总之想起这些，便会让人觉得可爱和开心。而恰好她又拥有这样一个特别的姓氏“文”，也许这就注定了她要用文字，与这世界心有灵犀。

我们是每天都会实时分享生活与心情的闺密，开始只是因为性格投缘，后来我接触到她的文字，才知道这个比我还要小三岁的女孩，灵魂是多么的深刻且自由、清晰又通透。

这个女孩，用豁达有力的态度，缓缓道来她的经历与感悟。当你觉得她有着超越年龄的成熟时，却又会突然被她青春无畏的自信打动。当你觉得这可能只是年轻人片面稚嫩的说辞时，又会发现，对比我们被世俗社会变得呆板的思维，这种肆无忌惮，才显得格外珍贵。

文章中有小美好、小确幸，也有大道理、大无畏；有对未来的憧憬，也有对过往的追忆；有她的朋友、她的爱情、她的梦想，也有她的脚踏实地。

会有小黑屋，而更多的是城堡。

当你随着文字进入到她的内心世界，那种理直气壮的温暖，会让人明白，通过来自陌生人的琐碎记录和观点表达，去体验感受另一种生活的面貌，真的可以让自己受到启发。那种你所不敢、心存芥蒂的怀疑与犹豫，都会在这本书中找到答案。

我们都需要鼓励，或者是打击，吉儿在这本书中都铿锵有力地给到了。

也许你正沉浸在热恋的甜蜜，也许在踌躇暗恋的坚持与放弃，又或者失恋的痛还在折磨你……

也许你足够快乐自信，也许你因自卑而对别人的看法太过在意，又或是偶尔的自负让你错过了身旁的真情实意……

是的，你所有的状态都会在这里找到共鸣，那些可爱的、粉红色的心，和那些灰暗的、孤寂的质疑，都自然顺畅地融到了本书里。

随着生活节奏越来越快，人们的压力也越来越大。前些年大家都喜欢看心灵鸡汤，而最近又喜欢被“毒药”刺激。所以时而看一些心理疏导的理论，时而主动寻求一些恶狠语句的痛击。而吉儿用她亲身的真实经历，告诉我们如何接纳善与恶本就并存的生活和自己。

勇往直前，喜欢就去做；别留遗憾，愿旅途真实快乐。人生来就有拥抱真善美的能力，却也不必讨好没有尊重的交集。愿你认真对待自己的努力，也不怕漫漫长路上必然的哭泣。风雨和阳光、相聚与散场、希冀与迷茫，都不负我们的成长……

这些都是这个女孩文字中的力量，与你嬉笑，伴你成长。

她会直接地说：“我爱憎分明，也真洒脱。所以你说，我可爱吗？”所以这位月亮小姐，总是可以散发出太阳般的光芒。

我是个常会莫名钻进牛角尖的人，而吉吉总是能一下子把我拉出来，让我知道不该浪费精力在自我纠结中。憧憬但不该杞人忧天，文艺却也不伤春悲秋。

我们经常互相分享彼此的音乐和文章，就好像她文中比拟的清水与奶糖。很庆幸和这样的女孩一起成长，也希望读到这些文字的你，收拾好心情，翻开这本书的篇章，然后被照亮。

相信这一本书，会通过作者的用心而反射到每个真实的自己。愿读者与作者心有灵犀，也相信读完之时，大家会像我一样，多了一位站在你身边，也走进你心里的闺密。

推荐序

生活需要仪式感

|

王子璇/演员

这是吉儿第一次让我为她的新书写序言，也是我人生第一次写序言，想说的太多，却又不知从何下手，吉儿告诉我：不要怕，勇敢地把想说的写下来，我相信你！

感觉自己已经很久没有静下心来好好写东西了，也好久没有安安静静地跟自己交流了，感觉有点陌生，又有点兴奋，太久都在忙碌的日子中度过了，感谢吉儿能让我有这样一个机会整理好思绪，可以用笔尖表达自己的所感所想。

我跟吉儿几乎每天都通过微信联系，当我疲惫时、不开心时，或者是遇到问题时，吉儿就像是我的充电站，每次都会有满满的正能量输送给我。她总会跟我说，要强大起来，要往前走，我们要一起努力，谁都不要落下。

不知道为什么，她的每一字、每一句都能说到我心坎里，虽然我们经常各自忙碌，见不到面，但是总觉得我们的心是连在一起的，从来没有走远过。

吉儿是一个时而成熟、时而幼稚的女孩，她总是懂得很多，任何话题她都可以侃侃而谈，她可以教会我如何变得更强大，她可以告诉我这件事要怎么做，它的利弊是什么，让我觉得时刻有一个人会陪伴我，让我感到没有什么可怕的。

但她有时候又像一个长不大的小女孩，喜欢娃娃，喜欢粉红色，喜欢一切可爱的东西。她可以在抓娃娃机店待一天，只为抓到自己喜欢的娃娃，也可以在环球影城走大半圈去买美少女战士的拖鞋。

当身边的一切都催着我们长大的时候，只有她在默默地守护着童真、守护着梦想……

她还是一个生活很有仪式感的人。我经常觉得自己的生活好像是每天都计划好的，我明天该干什么，几点钟要做什么；但吉儿改变了我很多。儿童节的时候，她约我一起去了主题乐园，带上了可爱的头饰，我们开心得像两个孩子。

那个时候我才发觉，生活不应只是埋头向前，还应偶尔停下来，看看沿途的风景，体会生活的惊喜。就算没有惊喜，我们也可以在一起创造惊喜，对生活充满热情与期待，从而更好地前进。

这就是吉儿，风雨里像个大人，阳光下像个孩子。

读了吉儿发给我的新书文章，每篇文章都像是我们和自己心灵的对话，那些平时我们遇到的困惑与迷茫，都被吉儿用文字表达了出来。她的文字，仿佛人生路上陪伴我们的益友，不仅可以一起面对过去的怀念和回顾，还可以一起面对未来的憧憬与期待。

从青涩懵懂的爱情，到可遇而不可求的友情，从年少有为的勇敢、不服输，到在喧嚣之下学会与自己独处……在我们生活中，有很多记忆被锁住了，那些开心的、难过的，可能我们一个不留神就过去了。开心的没有好好体会，难过的也没能好好反省，时间走得太快，留下来的越来越少。

读了吉儿的新书，我的很多记忆仿佛被唤醒般，那些曾经经历过的、困惑过的，都如同尘封的盒子，被重新打开置于阳光之下。现在再细细体会，静下心来审视，原来我们的生活是如此的耀眼、特别，如此的闪闪发光……

最喜欢其中的一篇说道：“拥抱不完美的自己吧，不要困于孤独的旋涡里，我们只是走得慢一点。”我们每个人何尝不是这样呢？在前进的路上，总是给自己定很高的目标，或者是觉得别人总比自己强，丧失了自我认同的同时，也丧失了很多快乐。

有时，我们甚至会忘记自己的初衷到底是什么，剩下的可能只有自己和自己较劲。许多的珍贵，都变成了后知后觉。

我宁愿那时的自己走得慢一点，但绝不会后退。

在吉儿的文字中你能找到自己的影子，这是我一遍遍读过之后的感受，每一篇文章都仿佛是另一个自己从未表露过的真心，就像书里所说的，愿我们每个人都有自己的那杯白开水，有清澈，有沉淀，温度也刚刚好，做好自己想要的所有味道的根本……

接受自己，拥抱生活，感谢吉儿能把这么细腻又深刻的文字带给我，我也愿意把它分享给身边的每一个人。在浮躁与喧嚣之中安静下来，静静地体会生活带给我们的种种，让我们变得更加平和与勇敢。

希望我们每一个人都能找到那个更好的自己、努力的自己，这是生命带给我们的礼物！

自序

我的故事，不负成长

有的人，这一生只是遇见，就已经觉得很美好了。不曾谈及拥有，不被奢望渴求。

上天可能会让你遇见心动的那个人，但他不会让你得到他，直到后来，你被安排给了另外一个人。

为什么呢？因为他会帮助你，留在最适合的那个人身边。

这就是人生，给人的体验感很重要。那些你觉得遗憾的事，其实往往是你体验了美好却无结果的事。都说当爱情与你近在咫尺的时候，连呼吸都会感觉到停顿。但仪式感这种东西还是要看人的，有些人就感觉不到停顿，而是无休止的索然无味。当悸动这阵风停止了骚动，日子依旧没有什么不对。

很多人喜欢怀念自己青涩时期的往事，那时候的我们心里从来不会空落落的，哪像现在，动不动就觉得岁月了无生趣。从前的我们，总是嫌弃校服很丑，喜欢的人坐在教室的另一边，可真远。长大了才发现，那时的衣服是多么璀璨耀眼，喜欢的那个人，只要还能看见，再远的距离都显得那么近。

我们常常会说自己很丧，这种状态需要滋补的是内心吗？各种保健品都挽救不了年轻的我们提前心态老龄化的问题，任何事物只要和“永远”这个词扯上关系，就会囊括许多复杂的东西。

从前，男孩对女孩说“我永远爱你”，这是一句发自内心的真话。但现在，同样的一句话也许会被判定为一句谎话。真诚的态度也会受到质疑，一颗一尘不染的真心变得不敢轻易触及。

纯纯的爱意都被现实埋藏在了失意的沼泽地。那个被你纯纯爱着的人会对你说：“对不起，我不敢爬起。”这种钝痛是绵长的，但是它可以帮助你在爱情中，余生不再弱小。

我遇见过一个非常擅长“表演”的男生，我们年纪相仿，初见时我对他有三分喜欢，五分欣赏。人总是这样，会抱着侥幸心理，认为自己可能会是最幸运的那一个，所以当时的我，无视身边朋友对我善意的谏言：“作为事业上升期的艺人，他不过是想找一个人陪他度过成为星辰路上的那段灰暗期。”

那个男生对我说：“我喜欢上一个人就会完蛋，谈恋爱就想一人一生。”听上去是多么美好的笃定。在之后互相了解的过程中，我们不停地试探、观察。我以为他在认真思考我们之间的关系。可后来呢？

结局就像大家猜想的那样，甚至更加戏剧性——他从我的生活中直接消失了，连招呼都没打一声。从此查无此人，所有联络信息，都变成了“已读不回”，而我也变成了那个多余却一直没有被一键删除的人。

后来的后来，我才知道——他在遇见我的第一天，便已经有了女伴。而我当时对他的种种欣赏，都变成了他捉弄我的筹码。

那些曾经认为是奖赏的目光，现在想来多少有些做作，但我从未怪过。终其一生，我们能遇几人？几人相知、几人共趣、几人同行呢？

我依旧向往着温热的生活，就像小时候那样。不负这一场识得，愿我们都慢慢进步，你多有得罪，我便学会多多担待罢了。

你继续走向你繁星点点的那边，而我，可以继续写我的故事，不负成长。

Chapter

1

成长

不动声色地长大

没有伞的孩子，要学会努力奔跑

上帝保佑起得早的人。

——西班牙谚语

六月的朋友圈被高考刷屏，虽然那已经不再属于我的生活，但我仍然会被那些拼搏的画面深深地打动。

媒体热衷打鸡汤牌，“高考不是终点，而是人生的起点”，又或者“高考只是答卷，快乐才是人生”。想想也有道理，但如果回到高三那一年，我会对自己说：你要努力，更努力!

《亲爱的安德烈》中有这样一段话：“孩子，我要求你读书用功，不是因为我要你跟别人比成绩，而是因为，我希望你将来会拥有选择的权利，选择有意义、有时间的工作，而不是被迫谋生。”

做什么事情、成为怎样的人，这个决定权到底在不在自己手中？学生时代还不太明白，甚至不知天高地厚地认为我可以按照自己的想法过好这一生。但生活终归会给出答案，自由永远不是无代价的，只有当你拥有足够的底气，才能获得和命运谈判的资格，有机会摆脱命运的束缚。

人生的不快乐大多源自“不愿意”却“不得不”，努力正是为了可以对这些事情说“不”。总有一天你会明白，一个人真正能够掌握的事情不会太多，而努力就是为了争取让它变得更多。要想得到自由和快乐，就要握好“努力”这张底牌。

越长大越发现，这世上，锦上添花很常见，雪中送炭却鲜有。人情世故，谈不上道德评判。人们天然喜欢接近光鲜美丽的事物，愿意被积极的情绪感染，为那些可以轻易收获硕果的事情付出资本。

念书时认识了一位很优秀的大学校友，他在学校时就开始了个人创业。那是一个听上去很有发展的技术性项目，他当时很努力地去各地跑项目、见投资人，几圈下来，虽然辛苦，但好在收获不错，同时也吸引来了一个很信任他的合作伙伴。

一年过去了，他每天都是兢兢业业，项目却没有得到市场垂青，收益远远不如预期，当初信誓旦旦的合伙人打起了退堂鼓，资金也撤去大半。他一度过得很艰难，赌上全部家当，凭着一个人没日没夜的加班才把项目苦撑下来，又这样过了一年，总算把公司带上正轨。

后来我问过他：“你恨不恨那时他们抛弃了你？”

他笑笑：“不会，别人投给你钱、跟着你干，都是为了得到回报，我那时确实无法回报他们，跟着我还可能受到拖累，谁也不是来做慈善的嘛！”

没有伞的孩子就要努力奔跑。你不对自己的人生负责，又能要求谁来义务帮助你。抱怨别人没有意义，努力永远是一个人的事情。对于同路人，可以抱有期待；但一味地指望他人为自己谋求幸福、担待自己的困境，未免太过天真。你不努力前进，没人会停下来等你，更不会有人为你的错误而买单。

有人说：我不想出人头地，太累了，我就想过着悠闲平淡的小日子，每天逗逗猫、养养花。试问谁不想呢？每天挤在上班路上的人们，大概有一半的梦想是尽早过上美好的退休生活。但支撑起这样悠哉人生的成本从哪里来？该奋斗的年纪，不要选择安逸。

天涯论坛有一个著名长帖：“大家来扒一扒自己最拼命的时候是怎样拼命的吧！”十年了，仍然不断被网友刷新着，很多人在上面记录了人生最拼搏的一刻。

每当为了某件事做不好而泄气，想要放弃时，我都会把这个帖子翻出来看看。你觉得自己为了生活已经拼尽全力，可还有人正在你看不到的地方做着比你多出百倍的努力。他们当中不乏天资优秀者，甚至有些人已经是别人眼里的成功人士，却仍然为了追求更好的结果而做着近乎严苛的努力。

生活有时会辜负努力的人，但不会辜负一直努力的人。从来没有什么逆袭，沉寂之下是日复一日的默默耕耘。幸运只是努力的另一种说法，生活不是神话，奇迹诞生于勤奋和自律之中，没有人可以随随便便成功。

“因为害怕自己并非明珠而不敢刻苦琢磨，又因为有几分相信自己是明珠，而不能与瓦砾碌碌为伍，遂逐渐远离世间，疏避人群，结果在内心不断地用愤懑和羞怒饲育着自己懦弱的自尊心。如今想起来，我真是空费了自己那一点仅有的才能。”每次读到《山月记》中的这段话，我都觉得心中一震。虽然羞愧，也必须承认这曾经就是我内心的真实写照。

如果是实力不足导致的失败，断然不会那样遗憾。回想往事，后悔的往往是当时不够努力。如果事先多加演习，登台的时候会不会更加游刃有余；如果不那样贪玩懈怠，一定会拿到更好的考试成绩。小时候就学过“尺有所短，寸有所长”的道理，无法弥补的短板确实无法勉强，尝试过就行，努力过就好。但更多的时候，事实并非如此。你不是做不到，你只是不努力。

人生最大的遗憾不是失败，而是“我本可以”。

在夏日吝啬汗水的人收获不了秋日的果实。生活的艰难在于，往往拼尽全力才能过上平凡的一生。逆水行舟，不进则退，不要陷于麻木的自我满足，所谓的淡然态度有时只是变相的逃避。

这个世界一直在残酷惩罚不努力的人，你总不能假装看不到。

甘于平凡，也有理想

长大以后有一件自己不愿意面对的事，就是当你极力想完成一件事时却发现自己能力有限。任何事情发展到一定阶段都会遇见瓶颈，当我们因为自己的能力不足，而看不到在职场中的上升空间时，便会丧失原本想要创造价值的活力。

这个社会正在飞速发展，不会因为任何人的懈怠而放慢文明的进程。许多行业看似不健全，却淘汰率极高。刚进社会的时候，我们都希望自己能成为了不起的人。结果，踏进社会却被现实摧残得不像个人。

从说惯了假大空的厥词，到自我持续地学习、反思、沟通，甚至是有了自我批评的承受力与能力。这个暗自难受的过程里，就有许多人对于梦想败光了好感选择离开。殊不知过了这个阶段，就会从白丁慢慢转变成鸿儒。

认为自己能力有限是一件心态懦弱的事。人生没有办法在匆忙且贪婪中获得优质的能量来补给自己。不能指望生活会体谅你，但是要知道叛逆的力量也能在沉默中爆发。越是这样我们就越要努力成长，征服理想证明自己——这是我们的初心。

但也不要忘记，这件事急不得。当你迷茫的时候，不妨试试模仿那些你认为成功的人。他们的人生经历，他们为人处世的方式以及面对挫败时自我调整的能力，总能引发自己的一些思考。认为自己能力不足，是因为得不到充实和满足感，于是总想着有个人能来帮帮自己，这样的结局往往是饮鸩止渴，即便有人伸出援手也是治标不治本。

想成为一个强者的时候，不必考虑自己是否孤立无援。你想要变强，不用依靠任何人。先学会从众，再尝试与众不同。

很多人明知自己不行，却想要隐藏不被别人发现，但现实终会让你暴露于众人眼前。其实若你愿意低下头来，便会发现任何人都生活在困境之中。

正义是具有普遍性的，大部分人循规蹈矩地生活，从来不去问为什么。这样的平凡真的很可贵，坚持正义的人生光景一定不会太难看。所以请用正面的态度去对待自己偶尔的颠簸。

一个平凡的人绝不等于是一个卑微的人，想要与人缩小差距，从坦然接受开始。让美好向往的信念深植于自己的内心，亲自成功过才能避免绝望再生。

你可以活得很精彩，也可以把自己搞得一团糟。大多数人从生到死都在不停地纸上谈兵，所以他们从来不知道这个世界有多辽阔。那些一蹴而就的美梦就不要做了，这一生要守护的东西太多，不会允许你一直在原地兜兜转转。

越长大，越要客观地认清自己，小时候以为老师说“不骄不躁”是一个问题，现在才知道原来是两个。能力可以锻炼，不要对自己夸下海口。打拼即使艰辛，却不会碌碌无为。

谁不曾拥有似锦流年，谁不曾受过伤

我一直觉得，每一个喜欢“摆弄”文字的人，都是有着匠人精神、认真做着白日梦的人。

小的时候，我们都爱做游戏，因为游戏给我们带来了一种在现实世界中无法获得的满足感。我们长大了，不再做游戏了，于是改做白日梦，在幻想中实现种种被禁忌或者欲求不得的欲望。

我常常会做美梦，我的人生是充满喜悦的。我们都恐惧悲剧式的人生，可是我们都忘记了“乐极生悲”这个道理。所谓喜剧人生，过着过着就笑了，活着活着又哭了，这才是真正的喜剧。

那些喜剧演员都在认认真真地犯错误，以此来塑造幽默感，博观众一笑。而这表象的雀跃，不正是在粉饰喜剧演员背后的辛酸吗？喜剧的核心是悲剧，很多以幽默出名的人都患有不同程度的抑郁症。所以，没有一贯到底的快乐，如果你的人生是一出喜剧，恭喜你，你也是演员，观众一眼就能看出来。

在这个世上，有的人想追求真正的自由，却被说是放荡。有的人活着比死了还难受，有的人死了比疯了还令人闹心。我们所接触到的一切看不惯的事物，其实都是人性的缩影。我喜欢那种无意中的有意，那种夸张中的淡定。这个世上没有绝对的好人与坏人，只有不同环境下人性的欲望被激发或抑制得不同程度的人。

很久以前，我喜欢一个人，后来我去问了另一个我不喜欢的人。我说：“你觉得喜欢一个人是有保质期的吗？”

他说：“一定是有的。如果你喜欢一个人，而这种喜欢迟迟没有转变成爱的话，那你总有一天会不喜欢他了。但是如果你爱一个人，你就会一直爱下去。”

是啊，如果我不喜欢你，那我对你的“不喜欢”永远没有保质期。不喜欢的下一个阶段是喜欢，而喜欢的下一个阶段是爱。喜欢可以同时接纳很多，爱却只有刻骨铭心的一个。

你在梦里遇到过你喜欢的人吗？一定是有的。

都说，缘分来的时候如千军万马，缘分走的时候如秋风扫落叶。爱情这种东西，不是你为它发了疯，就是它让你迷了眼。喜欢一个人就像自己无限期地孤单慢跑，一个人要负责书写两个人的故事。心会时不时飘了出去，自顾自地不知目的地旅行。

我总认为，爱情和梦想是一致的。它们都是需要努力的，如果不努力，就永远是一场注定没有好结果的不死心；它们也是需要我们做白日梦的，激发起我们的本能欲望，更加刺激我们付诸行动。

这么说来，做梦还真是一件幸福的事儿。不必慌慌张张、匆匆忙忙地掩饰自己在成长路上遇到的各种尴尬，大大方方地承认自己那些不为人知的秘密。

有时候很羡慕自己，知道我这么多秘密；有时候也嫌弃自己，害我做了那么多糗事。

我们都有一段似锦的流年，也有着大大小小的自己隐忍着的伤。可是有悲有喜才是人生，有苦有甜才是生活。

无论是繁华还是苍凉，看过的风景请学会不再留恋。再大的伤痛，睡一觉就把它忘了吧。人生这条路很长，边走边忘也未尝不可。

习惯了“躺赢”，你就真输了

成长中难免遇到一些需要自己调适的问题，经常会有一肚子话却无人倾诉。好像什么也不缺的时候，孤单会让我们错觉自己什么也没有。有一段时间，“颓废”成为一股潮流。在博客里、空间里到处都是暗黑元素。而今流行假快乐，朋友圈里、微博上充斥着心灵鸡汤、励志故事。

在这个思想先进、文化活跃、科技发达的时代，人性总是需要被激发的，也是需要被管制的。近年要求自己多读外国小说，以打开眼界，用欣赏的眼光、学习的态度去对待自己每一个新的阶段。乐意接受新的文化知识，因为努力和拼命真的会让人发光。

我常和朋友说这样一句话：“作品创作是一种救赎。”我也以此鼓励自己笔耕不辍，因为文字是记录生活的一种自我审视。

不喜欢走颜色沉郁的道路，想要光亮就自己照亮。

心态时不时就会崩一下，听过最奏效的安慰是：“你只是最近衰了一点，好多人一辈子都衰呢！”年纪越大，经历的事情越多，就得面临各种各样的心理危机。但，又有什么办法呢？人生在世，来都来了，学会与命运和解是一个重要的课题。

越来越多的时间让自己静下来接受来自灵魂的思考，不再盲目构建乌托邦。清醒地做白日梦，客观地让自己的信念与情感得到平衡。在这个社会，理想主义者与个人主义者都是无处容身的，最后过得踏实的，也许是那些宁愿充当故事背景的人。

人在低迷的时候，会想要改变。一个人的人生若一直躺赢，才会变得不思进取吧。不必羡慕那些出生就在“罗马”的人，平凡如你，征途会令你充满智慧。而一个人的智慧是一种魅力，具有强烈的吸引力。所以就算内心再苦楚，也要逼着自己一脸阳光。这是一种吸引力法则，你看上去如何，就会吸引同样的人围绕在你身边。

不动声色地长大

一个喜欢写作的人为什么喜欢看戏剧？因为文章和戏剧的相似处是可以在匆匆几个小时里看完几个人大致的一生，从开始到结束，都在作者设置的情境里。能让读者或观众在作者创造的感情世界里产生思想共鸣，是一个伟大而真诚的壮举。

就像各类作品中的主人公，我们的人生，自己往往是没有选择的，命运总是在冥冥之中牵引我们。我们不能选择以什么样的方式来到这个世界上，也不能选择在成熟懂事以前的每一个决定。甚至长大以后，等我们有了独立自主权，又要遭遇各式各样的“精神绑架”。长大，就是一个从任性到认清世事的过程。

小的时候晚上睡不着觉，有人哄、有人陪、有人安慰。长大了失眠，不能喊、不能叫，失眠也要做一个有素质的不眠人，只能一个人安静地自我拉扯。小的时候我幻想过无数次，长大以后的我是什么样的？我想象过一千种模样，却唯独不是我现在这样。年纪小才可以肆无忌惮地做白日梦，而我们这些二十岁的年轻人，已经开始面对残酷的竞争。

十五岁的时候，听一首传遍大街小巷的情歌，听不懂，只觉得歌词好美，旋律好动听。现在，去看了一场这位歌手的演唱会，从头哭到尾，心碎了三十首歌的时间，因为那些歌里的故事，自己全部经历了一遍。第一次听到这首歌的时候太过懵懂，无惧无忧，如今我却已满怀心事。虽然心碎过，但是很庆幸自己在年轻的时候谈了一场恋爱。在夜深人静的时候，还能为不想睡觉的自己找一个矫情的理由。

你知道，如何感受自己正在经历长大吗？就是每天一闭眼、一睁眼的那两个瞬间。闭上眼睛，睡吧，所有不美好的经历都过去了，此刻我还能躺在床上认真地入眠，那就说明我还活着，没什么事情大不了；睁开眼睛，醒了，又要开启崭新的未知的一天，怀着期待去经历一次次命运的安排，也许最美好的际遇就发生在今天呢！

长大这件事，对我们的自我修养要求很高。为什么？因为我们要开始和自己的情绪博弈。当你的生活中快乐占据上风时，你就很容易控制好自己的情绪，乐观积极地面对困境；可当你的生活里悲伤占据主导时，你就会自暴自弃，悲观堕落地浑噩度日。

所以，我们活着的日子里，不仅要努力向上，还要学会为自己寻找快乐。

都说谈恋爱的时候，人的包容心会变得比较强。如果你喜欢一个人，你会想尽办法对他好，逗他高兴。所以，要学着用谈恋爱时对待另一半的方式对待自己。当自己难过的时候，主动给自己一个肩膀，安慰自己；当自己取得好成绩的时候，要奖励自己，并且说：你让我引以为傲；当自己年纪越来越大的时候，要对自己说：你越来越像一本丰厚的书，有灵魂、会思考。

总之，像对待爱人一样取悦自己，你会越来越有魅力的。

很久不见的老友，我们总是希望碰面的时候让对方觉得自己更加优秀。我们喜欢不经意间发生的改变，让一切自然而然地变好，不留痕迹地受伤，不动声色地成长，最后在晴空下放声大笑。

从前我们很爱聊计划，现在我们喜欢变化。让自己的生活极简、干净，将一切情绪调到静音模式。喜欢的事情拼了命也要做好，让自己成为一个很酷的人。

尽管过着冷暖自知的生活，却也对伤痛只字不提。要长大，我们要不动声色地长大。

自己有海，不赶浪潮

明天就是跨年夜了，这一年就这样隆重地结束了。回头想想，这一年是否做到了自我成全?

小时候目标明确，长大了却常常思考：我所追求的到底是什么呀？学业压力、工作辛苦、身体欠佳，这些看似人之常情的问题，凑在一起让我过去一年过得无比艰辛。可是谁不是呢？这个世界还是需要表扬的言语：从这么多不易中坚挺地走过来，是正确且可贵的选择。

那些有幸成全了自己的人生，看似只是顺势而为的成功，都是在现实的泥潭中挫骨扬灰过后才实现的自由与爱。

都说时间会改变人，无论变得美好还是可悲，都是历经生活后蜕变的样子。自我救赎与自我解放是实现一切美好向往的必经之路，那一锤一凿的自我敲打都是在雕塑自己面对人生的体态。

我在岁月里承受着这一切的迂回曲折，等到这些磨难过去，也会欣赏自己熠熠生辉吧！

从前喜欢自我作茧，闷闷的。现在让自己尝试着在世俗中嬉笑着把自己的思考都与人说出来。当我们把思考当作一种与人为友的乐趣与更多强大的内心和实力去碰撞时，才会真正治愈自己。不同的人就像水中鱼、林中木，可以互相理解，却依旧不能扮演对方的角色。真实的自我不可泯灭，所以有人寻海，有人望天。这样的配对，人生只能有短暂的交集。若你能早点了解世界的规则，便不会在与人分离时显得那么悲壮了。

我们那么专注自己地活着，百炼成钢，却常常让自己忽视了好好睁眼看看这个世界。

从前什么心事都在脸上，现在照照镜子，眼里全是故事，脸上再无半点风露。让自己变得优雅是自我救赎，而我需要带着一颗空明沉静的心去重新一遍又一遍地认识这个世界。

自己有海，不赶浪潮。我们在构建一个自我世界的过程中，便自然而然地完成了与这个世界的对话与博弈。每一年的累积，都是在搬运泥土垒建自己的金字塔。

困境是自我向外界希求能量的途径，当意志力转变成有效的行动力，我们便能只身抵抗这世界。

窗外忽然下起了大雪，过去那些好的坏的、利己毁己的事都随着这场雪冰封在2018年了。一年又一年，物是人非也好，愿它不抹去那些欢喜的痕迹。

别离如是，相逢亦如是。

用伤痛成全一个更饱满的自己

有一天，时光的形状让人感到很烦琐。我走进了一个偌大的迷宫，沿着小道一直走，一路拾起碎片化的记忆——这一片是我十七岁那年高考的情景，那一片是十九岁在台北上学的模样……

这些星星散散的故事拼凑起来的青春，自己站在旁观者的角度看，总是像欣赏无声电影一样异常精彩。

慢慢地，发现吾手写吾口也是一种天赋。二十几岁的年纪，还经常遇到连话都说不清楚的人。这些人虽是同龄却有着精神的差异化，在交谈中就能不自觉感受到。

每个人的成长过程都是一段非主动的叙事，期间都会被动地移植社会思想。从方法论的角度来解释人生，人的精神本质是自由的，后期的呈现是由我们在无数个固有空间和意识形态的选择中累积而成。

然而那些美好的生命体验，终究会随着时光的过往而消失。当然，痛苦也会。所以请学会让自己在不安定的环境中安定下来，那些跟你掐架的人或事，最终都会你中有我，我中有你。

反而是那些在你的人生历程中对你避之不及的一切，才真正与你无关。我们的岁月是有限的，能与这世界发生的碰撞也是有限的。不安只是命中注定的小波浪，经历波折是为了成长，用伤痛成全一个更饱满的自己。

日常的冥想会给一个浑浑噩噩的自己更多的指引，每个人的行为方式带给自己的精神环境都需要被合理地净化。当我们第一次做选择的时候，往往是没有经验的，甚至会相信第六感或盲从。当我们面对一件事有了经验的时候，我们才会拥有理智，去规避错误答案。而自我反思就是一个给自己纠错的过程。

人非圣贤，犯错只是试错。黑暗里也存在着白昼看不见的好光景。若你身边有一个总是犯错的人，不要急着放弃他，也许你只是没看见他的白月光。

有人说我性格变了，有人说我的文字风格变了。其实这些变化都只是人生线性发展的阶段性体现，因为每天都会发生很多的事情来改变我的心思。久而久之，我的一些行为方式自然就发生了改变。

小的时候，大人们经常对我们说："许多道理，等你长大就明白了。”不是年幼的我们不具备通晓人情世故的资格，而是那时我们每个人都天性纯良、未经雕琢，就算跟你说半点虚假丑恶的故事，你也许都会极力地反驳，只相信真善美。人人都怀念小时候，单纯没有烦恼。而长大以后，这些小时候经常引以为戒的故事却天天在生活中上演。若你适应不了这样的环境，别人就会评价你说："这可能是个还没长大的小屁孩！"你也许还会为此感到十分自卑。

人就是这样矛盾的一种生物，拥有时从未想过失去，失去了又想拥有，并且还会嫉妒别人拥有，然后大放厥词批判之，却忘记，诋毁本身就是一种仰望。

岁月的时钟不会停摆，未来我们也不会回到曾经、回到现在。

人生是道真命题，单项选择前进。望诸事遂愿，喜乐平安。

唯愿此生，平和而温暖

窗外的风刮得狂响，像是一声声哀号，在控诉这寒冬的凛冽。为了不被这噪声干扰，我在家放起音乐。

难得的假期，都留给了私人空间。越了解这个世界，越认为双手握得住的简单快乐最为可贵。忙碌常常让人没有时间思考，我们需要的休息日，无非是让自己停下来，放空自己，让烦恼和压力不再永无止境。

都说年少不听陈奕迅，听懂已不再是少年。那些带刺的华贵、呼叫转移的漫长岁月，都让人陷入无尽的惆怅。十年之后，我们都不再提及初心，忘记最开始不过是想把自己喜欢的事做好，后来发现，原来要坚持喜欢一件事，那么难。

这些年我看过许多的满腔热血，也见过更多的从头再来，甚至见过有人跌倒了，就再也没有爬起来。

人生最可贵的，是努力。

人生最可惜的，是认为自己“我本可以”。

许多经历过失败的人都安慰自己：上帝给我关上了一道门，还会给我开一扇窗。一道门被关上了，打开窗又有什么用呢？呼吸一下新鲜空气，眼巴巴地看着窗外那些不属于你的风景？

失败不可怕吗？它是可怕的。当努力成为人生唯一一张底牌时，要思考如何将它当王牌来用！

时代把我们塑造成了付出型人格，没日没夜地工作都是在不同的领域为这个社会贡献价值。

感情把我们塑造成了付出型人格，任凭自己如何努力，也斗不过缘分的天真无邪。

那些历历在目的不被认可的付出、得不到回应的结果，都在心里，留在阴影里。

其实人还是需要被关注的，无论是在工作岗位上，还是在一段感情中。不同心态体验的人，命运的走向是截然不同的。有意思的是，那些你曾经忽视的人，也许有一天，会伟大地站在你面前。这就是悲剧过后对于人生重新的点亮吧，我很少写悲情的东西，但悲剧在生活中一直都存在。

既然我不能成为那个有趣的人，被所有人喜欢，那至少，努力当一个温暖的人，让自己的文字供需要的人取暖。

有时候很想哭，心疼自己。有时候很想笑，鼓励自己。有时候一回头，看到一个人。

问他：“你在干吗？”

他说：“我在等你。”

这一刻，感动是真的。比这个世界刮的风、下的雨都要真实。心情不好真的会让人抵抗力下降，多喝热水也是真的管用。上帝有时会不公平，有的人孤单时站在墙角，有的人寂寞时却可以仰望骄阳。那些不被善待的人，就会用自己的方式反抗。

快乐和悲伤不能存进扑满，高挂天边的彩虹不能夹进书页。但是我们的每一点心酸与痛楚都会留在身体里，陪我们度过每一个晚睡的午夜。所以，当自己一个人的时候，想想办法，留点空间抱紧自己，做一些适当的回望与冥想。

多去感受生活带给自己的细软亲肤，当梦境和云朵一样轻盈，生活也会随之甜美。

晚安，愿你好眠。

年少修炼法则

“最近忙什么呢？出来聚聚？”手机里好久没有振动的聊天群弹出一条消息，来自闺密李某。

“读研，当码农。”——我。

“跟项目，搬砖。”——闺密房某。

“两位社会主义奋斗的女青年，不能光革命不生活，出来放松放松！”

都说生活在特定的朋友圈和文化圈里，就会形成特定的语言习惯。我和闺密不约而同的语言风格就是最好的印证。我很幸运，有一帮一起茁壮成长的朋友，时刻提醒着彼此让生活充满信念，并且坚持。

通识教育让我们学会读书看报，高等教育教会我们在理论基础之上如何博采众长、能言善辩。而踏入社会以后，这个社会教育我们，青春须早为。有同学问过我：“你为什么可以保持一直努力？”原动力来自自我阶段性突破后内在愉快的感觉。所以我们不要与文明背道而驰，勇于入世才有可能争取社会资源。

鸟儿会飞，是一种天赋，就像人生来有欲望，想要获取更好的生活，是一种本能。但是每个人都有不同的缺陷，需要靠后天的努力去取长补短。每个人都要学会面对自己与生俱来的不足，去攻克它，才能奋斗出积极意义上的美好生活。

其实这世上少有天生蠢笨的人，只是他们选择与自己并不满意的现状互相欺瞒，决定人生道路时稀里糊涂，努力向前时心不在焉，最后才成了不知所谓的人。每个人来到这个世界上，都有自己的使命，都会受到各种限制。主动地思考、稳健地前行，做一个有德之人，是年少进取的根基。

许多人到中年的大叔大伯在交谈中都会提及这样一句话：“这么多年，大风大浪都见过了！”但回到家他们都要告诫自己的孩子，如何避免风浪，少走弯路错路。我是一个很害怕大风大浪的人，为了在风暴来临之前有抵御风暴的能力，自己必须强大起来，学会做一个有前瞻性的人，有独立思考和判断的能力。

人的能量有时候像白开水，想清澈要沉淀，温度也要刚刚好。白开水并不是索然无味的，它是你想要变化的所有味道的根本。这个混乱的世界中，风物换得快，事务也变得快。如何在瞬息万变的世界中成为适者，除了内心要有笃定的能量外，也要学会为自己积累资源。当滴水成河、聚流成江时，你们会相互依存，共同适应这世道变迁。

春有百花秋有月，夏有凉风冬有雪。四季都有它的质感，你要学会发现自然的美。那些未经雕琢便愿意在你身边的，就是好风景。爱可以填满很多人生的遗憾，它是一种能力，是理解世界的线索。

一个人的时候，所有人都是一样的，没有人可以剥离爱而存在。

愿你年少有为，甘之如饴，明白什么是珍贵。

青春不散场

青春像是一生只有一次的“相遇”，热烈、赤诚，结束时痛感强烈。

大学四年仿佛恍惚之间就过去，校园里到处都是拍婚纱毕业照的情侣，空气里蔓延着幸福感。同为大四毕业的学生，四处张望过后，自己还是形单影只，有点可惜，但也不算可悲。手里握着室友送给我的棒棒糖，女生之间还是有甜蜜蜜的友情的，谢谢她们几个填补了我空白的悲伤。

女生之间的友谊总是很有思辨性的，不知道什么时候就散场了，说不定什么时候就生死之交了。很多很多的回忆拧成一股绳，后来变成了漂亮的蝴蝶结系在我们的心上。不论以后人潮把我们冲散到哪里，我们还能寻着回忆的方向找到彼此。

毕业了，聚餐的机会越来越少。聚一次少一次的聚会中，她张口就说：“我准备领证结婚了！”

“不可以！”另一个姑娘脱口而出。

我一脸问号地看着她们两个辩论，辩论的主题是：“究竟是先领证还是先举行婚礼？”

各有各的道理，仿佛都说得过去。最后两个人齐刷刷地看向我，我说：“你记得通知我就行。”好像人生中最重要的见证，就是出席最好朋友的婚礼——我看着你出嫁，在你最重要的时刻目送你走向幸福的彼岸。

从前觉得“婚姻”这个话题离我们好遥远，转眼间就要面对了。也许人这一辈子过程就是这么快，还没有反应过来，就是接踵而来的重大抉择。以前我是一个很正经的人，说实话现在已经开始假不正经了。人生玩玩乐乐就这么过去了，凡事太较真了就少了乐子。感情也是一样，目的性太强总是容易在心态上跑偏，随遇而安到最后发现结果是刚刚好的。

最好的朋友不用反复强调“你是我最好的朋友”，在生活中她时时刻刻都在，有着心照不宣的默契。青春不用一直强调过往，它终归要走，你总强调它走了，难免显得悲戚，不如轻轻地挥手道别，这样反而更美一点。

论文答辩过后就开始期待毕业典礼，这是我们人生中一段重要的旅程，需要一个里程碑来为我们的这些年送别。这四年来我一直在期待自己长大的那一天，那一天终要来临时又有些心慌。我没有成长到想象中那么强大，但是对自己也不算太失望。青春就是这样，总有遗憾，也还有梦。

我希望自己一直年轻，可是我没有能力逆天改命。我害怕终老，可是我只能做到尽量让自己不那么孤独。我想一直努力，可是我害怕不再有力气。我不想自己的故事走向完结章，所以我一直在不停地写。人生总要磨灭一些渴望，你还不能失望。

四年意味着什么？读了一所大学，谈过了一场恋爱，拿了一纸文凭。还有呢？青春呢？我要和它说再见，可是它散场了吗？

好像没有。

Chapter

2

爱情

被喜欢的人喜欢多幸运

想要拥有爱情的小坏蛋

从灯火通明，到夜深人静。

你我都知道，这不过是我为你着迷的又一个普通日子。

——题记

记性变得越来越差，不是指曾经发生的事愈发模糊，而是刚刚迸出来的文字，如果不及时用备忘录记录下来，顷刻就忘。就像人生中那些不曾招呼过的惊喜，没有伸手去抓立刻就会溜走。于是我趁着文字还未在脑子里消散，写下了这个故事。

我有一个朋友叫“大梨”，是我的研究生同学。她暗恋的男生叫“狗哥”。研一的时候，大梨每天都在狗哥喜欢去的健身房、餐厅、图书馆假装路过，然后回宿舍向我“汇报”偶遇计划是否成功。身边的朋友都质疑她说：“大梨，你这样有用吗？”

只有我坚定地站在大梨身后为她加油打气。恋爱这个事情也是要讲概率的，你在他面前出现的概率越高，他对你的印象越深刻。毕竟暗恋这条路上无法轻舟快马、一日千里，追喜欢的人，还是要少点空想，多点实践。

就这样，无数次地擦肩，从陌生人发展为见面能互相问好的普通朋友。同时，研二了，大梨的生活依然以狗哥为中心。最近大梨开始追日本动漫，可认真了，像做功课一样。我调侃道：“你这么大的人了，还追动漫，好幼稚呢！”

“对啊，哈哈哈哈，真的好幼稚，狗哥太幼稚了！”

原来大梨为了更了解狗哥一点，希望下次见面能够聊得来一点，正在恶补狗哥喜欢的动漫。所有人都觉得她失去理智了，而我还在对她说：“如果你以后想起现在的自己，是高兴得嘴角带笑的话，就不要动摇对爱情的决心。”

人生本来就短暂，为什么一定要活成别人认为的正确？有的时候还是天真一点，会开心得多。

喜欢一个人两年无果，听上去有点惨兮兮的，但是大梨好像乐此不疲。也许她从来不会担忧最后可能会失去，她不去想那些她从来都不知道的事，比如被狗哥喜欢，是什么样子。很多人都对她说“你在浪费时间”，只有我还对她讲：“没什么浪费时间的，每个人带给你的快乐都不一样。”

单恋一个人，就像我从你的眼睛里看到了我，而你没从我的眼中找到自己。

可我们都是有资格拥有爱情的小坏蛋呀！也许未来我也会喜欢上一个人，他的世界我不懂，我的世界他路过。那个时候，也许大梨会感同身受，拿出我曾经安慰她的话语来给我吃定心丸。

大梨和狗哥的故事还在继续，他们一起去伶仃洋春游了。他们现在已经是可以一起玩耍，偶尔交心的好朋友了。而这些都是大梨自己走过黑夜、拥抱孤独、默默等待换来的。

从前我总是思考，喜欢一个人，我把时间给了你，你给我什么？现在我明白了，你给了我一个美好的过程，哪怕只有一小段。

等玫瑰花开，遇见一个人

上高中的时候，偷偷喜欢一个人。老师让我们坐了同桌，从那天开始，我每天都好喜欢上学，并且表现非常好。

后来，老师让我们轮换同桌，我就像开始了异地恋一样失落。那个时候，我觉得感情很简单，得到、失去，欣喜、难过，都是直接的。

在毕业的那一天，我们班的男生冲着我们大声喊：“无论以后你们是谁的女人，你们永远都是我们的女孩！”我离开校园的时候，忍不住回头看了又看。

“依米，你等我一下！”我看见了一路尾随我的那张陌生的脸。

“我喜欢你，这个，送给你！”

我看了看他一脸期待的样子，清了清嗓子：“嗯，谢谢你喜欢我。可是我不喜欢你。”

你看，青春正狂的年纪，连拒绝一个人都不带一点含糊的。但是后来我收下了他送我的那盆植物，不是因为我对他有一丁点的好感，而是第一次被人表白，总想纪念一下。

我走的时候他说：“这是代表爱情的玫瑰花，等到它开花了，也许你会遇见你的爱情。”

高考完的那个暑假，我嫌天气过于闷热，便很少出门。看着这一盆绿油油的玫瑰花，决心要好好养护。可是我每天给它浇水、陪它晒太阳，它就是不开花。我甚至怀疑我被骗了，这一盆花不是玫瑰花，就是几株普通的草。后来，我遇见一位养花大师，他说：“这养花，跟爱情一样，除了要好好呵护之外，还要有足够的耐心好好等待。”

等到我大学开学报到的那一天，这盆花居然长出了小花苞。我抱着它一起来到我的新校园，远远地，我就看见了那张不再陌生的“陌生脸”。

我说：“我都说了我不喜欢你，你在这里干什么？”

他说：“我在这里念大学，你隔壁专业的。”我转身要走，他在后面大喊一句，“你看，你的花开了！”

我的玫瑰花像是突然吸收了养分，开得越来越好，红红的放在床头，就像有喜事要降临一般。大学生活相对高中生活懒散一点，我把那些年我没追的韩剧追完了，把那些年想去的地方都去了一遍。懒散的日子里，有一件事，我每天都坚持得很勤快，那就是养护我的玫瑰花。

我第三次看见“陌生脸”，是在我生日的时候。他站在我宿舍楼下，等了很久的样子。这一次看见他似乎不那么讨厌了，我主动上去跟他问了一声好。

他开口就说：“我知道你不喜欢我，但是我喜欢你，没关系，我送完生日礼物就走。”说完他将一个精致的礼物盒塞到我手里，还没等我开口，他就径直走了，留下了呆呆站在原地的我。

这是我一次知道，原来，喜欢一个人，可以那么久；原来，被一个人喜欢，感觉也不太差。

我回去打开盒子，精致的卡片上写着一句话：“这些年，谢谢你教会我如何去爱。”原来从很久以前开始，他就在我心里种下了一颗玫瑰花的种子。喜欢一个人，就想办法让她不要忘掉你吧，久而久之，就越来越深刻了。

太阳先生与月亮小姐

这是一个迟迟舍不得动笔的故事。

他们都经历过起承转合的人生，看过芸芸众生，都不敢提及“永远”，却想将日子过得疯狂又沉醉。

他们这样评价彼此——

“太阳先生，温柔坚定。”

“月亮小姐，单纯可爱。”

很多人在一起以后会问对方：“你是什么时候喜欢我的？”太阳先生也不能免俗，她答：“不过比你早一点。”

他是一个话不多的人，所有的关心点滴渗透进日常。她话很多，他刚好喜欢倾听，所以交谈从来也不会乏味。月亮小姐喜欢搞破坏，太阳先生喜欢整理收拾，有一天清晨他在叠衣服的时候说：“如果没有我替你规整，你的生活会乱成什么样子。”月亮小姐无奈地笑笑点点头——你不仅整理了我的日常，把我也收拾了。

有人说爱是成长，是能力，是理解世界的唯一线索。这大概是我们相爱的原因吧。从灵魂的深处，他和我是一样的，陪伴彼此也是灌溉自己，忙碌的工作、琐碎的生活也无碍我们在爱情里的模样，因为爱情是需要智慧的，要勇于道谢，也要敢于道歉。仔细摊开来看，就是珍惜对方的好，也别失落自己的不好。

可以随时牵手，就不要去想分手。

月亮小姐说听过的最好听的话竟是来自于这位不善言辞的先生："那就陪着你富有生命力地爱和生活下去吧！"类似的话很多人都能讲，也许我们都听过，但唯独这一句能触碰她的内心，好巧不巧从你出发，至我结束。

昨天夜里，月亮小姐突然变得有些沮丧。太阳先生说："别低落，要不我就生气了。"

"为什么要生气？"

"我是想让你开心点，你不开心我就生气，你开心我就不生气。"

大男孩的孩子气将她的心情收拾得没有半点阴影。太阳先生的关爱普照着她的大地，没有时刻在一起，也能感受到他远程的拥抱。

我是一个很少写游记的人，因为懒，可人生就是一场盛大的旅行，为了真心喜欢的人才愿意不吝笔墨。

其实不需要任何特别的句子来描述生活。和你看场热映的电影，吃完爆米花发现纸巾只有一张，分你一半擦嘴；一块儿吹吹风，喝杯热豆汁儿，感受秋意浓；看完日落，在城墙根下吃吃东西，然后慢慢回家；听说红叶漫山遍野，计划哪个早晨为这突发的兴致拉着你去香山赏景……这大概就是跟北京人谈恋爱的故事吧！

简单来说，这个故事里有月亮小姐喜欢的糖油饼，和一个北京爷们儿。时间和爱，是两个好东西。时间让人感受爱，爱让人更好地体验时间。可很多关系走到最后，不过是相识一场。月亮小姐偶尔也会这样担心，太阳先生不厌其烦地安抚着她。

爱是需要被唤醒的东西，也是需要被呵护的。

月亮小姐：“愿我知你心意。”

太阳先生：“愿我如你所愿。”

喜欢你，就要跟你说话

我喜欢你，所以对你有着不讲理的偏心。你可以挑剔，可以小小地傻不正经。因为你让我的生活从“helpless”、“loveless”、“homeless”转变成了想到你就觉得“funny”，想把你变成我的“honey”，然后我们一起赚很多“money”。想起来就觉得对未来充满期待，这些都是我一个人的小九九。我一直在等待，和你有着生命周期重叠的机会。

一直认为，每一个人都有属于自己的生命时间。因为不同的生命有不同的人生使命，所以生命时间各异。当我的生命时间和你的生命时间恰巧重叠的那一刻，就是我们相遇的时候。因为我们对彼此付出了同等的时间，所以我们会成为朋友；更长一点，也许我们会成为恋人；再长一点，或许就是亲人了。

时间是这个世上永垂不朽的东西，沧海桑田，它一直在。我们所产生的习惯性的回忆，就是对方的生命时间与你的生命时间碰撞过后的后遗症。我们每个人存在于世界上的时长是有限的，那是时间赋予我们的。它证明了我们的存在，并且让我们学会计算自己的剩余生命。

时间强大到我知道它无处不在，我知道我说什么、做什么它都听得见、看得见，还知道除了我之外，它也知道我喜欢你。多么安全的小秘密呀！我喜欢你，可我不希望这世间所有的人都喜欢你，所以我要在你有空的时候，来你跟前晃晃。

喜欢你的日子里，我每天都在玩猜谜语的游戏，猜你有没有哪一刻会关注我，猜你有没有哪一秒钟恰巧瞄到和我有关的事物。喜欢一个人就是想要去热烈地搭讪，可是踌躇了八百里路，最后连一个“你好”都挤不出来。我愿意为你犯几次傻，愿意和你一起世俗地将日子过得恬静又美好。我喜欢你的有趣，更希望你能在意。

喜欢一个人，不敢光明正大地说出来也没关系。因为你跟他聊天的时候，有一搭没一搭地说话，就算只字不提喜欢，也句句都在说喜欢。谁都没有空闲到花那么多宝贵的时间去主动示好一个毫不相干的人，当然，对方也没有那么空闲，总是回复一个自己无感的人。愿意交流，就是擦出火花的开始。

要勇敢地去跟自己喜欢的人说话，当你还在磨磨叽叽，没有开始让对方接受生命周期里多了你这一号人，他可能就被主动献殷勤的人抢走了。在爱情的战场上，失败了不可怕，最怕的是你还没上场，就被罚白旗。

世界上有一件事真的挺难的，至少对于火象星座的人来说——就是在喜欢的人面前装样子。这种谜之尴尬只会在那一个人身上出现，屡试不爽，这就叫作：我喜欢你，可我心里没底。

而且我挺害怕，哪一天我迟迟没说出口的“我喜欢你”变成了“我喜欢过你”，多了一个字，却少了一份真爱。

我多想你能主动跟我说上一句话，上帝让我们长了一张嘴，不就是用来跟喜欢的人说话的吗？即使你还没有喜欢上我，你来试试说说话呀，说不定呢！

初恋，不见不散

你相信偶像剧中的相遇剧情会在现实生活中上演吗？

连他自己都说：“我们两个初识的场面很狗血，跟韩剧一个尿性。”

晓晨是我的大哥，1991年生人，有着麻省理工学院的毕业证书，拿着国企证券公司的高级年薪。一个有光环又有魅力的男生。如果要问这样的人生赢家还缺什么，他唯一缺的就是一个女朋友。

这两年我曾试图给他介绍过很多个好姑娘，最后都无疾而终。直到昨天他对我说：“最近和初恋又比较聊得来，看看有没有机会吧！”哦，这是他第一次主动跟我说他的感情状况。

“跟初恋谈恋爱，不会很没有新鲜感吗？”很多人的第一反应都跟我一样。但是仔细想想，初恋对于现在的我们来说都是很久远的人和事。时间过了那么久，人的变化还是不小的。况且每个人对自己的初恋都会有着唯一性的眷恋。

小咪是广东人，晓晨是新疆人。初二的那个暑假，晓晨的妈妈对他说："你马上升初三了，虽然和高三不能比，但是也很重要。所以这假期你就好好玩一玩，我和你爸没时间，你就自己报个疆内的旅行团吧！"

小咪陪爸爸来新疆出差，但是爸爸忙着开会，没有时间陪她，她便自己报了个旅行团。当时小咪因为对路线不熟迟到了，全团的人都在大巴车上等她，最后一个位置是晓晨旁边的空位。接下来的故事你们猜?

两人互留了手机号码，彼此有好感，发了一年的短信，决定开始谈恋爱。异地恋八年，在一起的时间加起来都不到两年。两个人的零花钱几乎都花在通信费和差旅费上。当时那份感情挺美妙的，和天天在一起的情侣不一样，异地恋，就是会一直想念。

算一算时间，两个人分手到现在已经六年了。晓晨说："在国外的这六年时间里，偶尔也会想念她，跟过去一样想念。"

"那你们为什么要分手呢？"

和许多异国恋的年轻人一样，晓晨到国外的第二年，觉得完成自己的学业是个未知数，还有研究生要读，面对遥遥无期的未来，无法给出承诺的自己就和平分手了。

他们再次开始聊天的契机是晓晨在春运期间等车时发的一条朋友圈，小咪在下面回复："你终于可以回家过年了。"当时晓晨并没有在意小咪说的这句话。因为出国留学的人都是不能在春节回家过年的，毕竟老外不过春节。

后来晓晨想起来，这六年每年的春运期间小咪都会在朋友圈留言或者直接发信息问他："今年回国陪爸妈过年吗？"她也没有说想见晓晨，只是问。晓晨这才恍然大悟，原来小咪一直还在关注着他，尽管分手之后他们从来不会聊对方的生活怎样。

端午节的时候，小咪说来北京玩，顺道来看看晓晨。晓晨急匆匆地找到我："你说她是来看我的吗？"我说："你直接问她。"

我看得出来晓晨心里的踌躇，他不知道，也不敢问。可能他很害怕她会说出她有男朋友了或者结婚之类的话。晓晨想跟她继续在一起，但这时候好像只是晓晨单方面的想法。我给晓晨壮胆："韩剧的爱情片结局一般都挺美好的，你去试一试。初恋是那个不会被遗忘的人，你是她的那个人。"

爱情也需要伯乐，既然从前在人群中一眼看见你，带着微笑与欣赏来到你身边，那么这种小小的悸动，是陌生人无法理解的心有灵犀。这些年你们各自遇见山河大海、星野广漠，却没有让想念遗忘在时光的虚空里。也许你能从初恋的眼里，再次遇见彼时年少的自己。从前没有实现的约定，命运让你们再相约一次，这一次，在终点不见不散。

悄悄喜欢他

这段时间的情歌是丧着听完的，就连码下的寥寥文字也是一键一键地敲在心口。像坐上了两列不同轨道的列车，短暂的交集过后眼睁睁看着你从我眼前疾驰而过。

回忆是立体的，画面却困在了暗恋视角，停在我们最后见面的那天。第一次觉得，人与人之间的温度，在体表温度之下。尝试着用你的角度去看这个世界，寻寻觅觅了角角落落，就是没发现我的影子。像一棵树、一片云，你知道我在，却不曾想过交集；而我被你悬挂在天边，带上望远镜和长焦镜头才能看得清晰。

离开与你有关的城市，就会想起你。起风的黑夜里，你跟夜一样神秘，我害怕自己的沉醉越熬越深。理智让我将执念留在九月，自顾自的心心念念却执意陪我去远方。十月、十一月、十二月……思念轻声轻语地呢喃：“让我陪你去世界流浪吧！”没有将情感荒废闲置，这样的经历也许会练习出一颗经得起反复清空的心。

口是心非的人最怕被误解，还没有开口解释的勇气。我经常怕自己朋友圈里逞强的文字词不达意，让你误以为之前我对你的示好只是说说而已。不是幼稚无知的笑闹，也躲过勘破世事的苍老。我在另一座城市，每当夜幕降临的时刻，看着灯火通明的街道，都会想起你傍晚站在风里和我挥手说“再见”。

我对生活多了几分理解与忍让，将所有看上去很辛苦的事都一一捋顺，学着你的样子，慢条斯理地去处理好每一件事情。不如就承认一下，我只想与你在某一个瞬间同步一下。写到这里破涕为笑，将情绪克制下来。毕竟我喜欢的人个性温和又坚实，让情绪不稳定的我也多了几分收敛。

朋友问我：“你喜欢他很多很多吗？”

不多不少刚好。一厢情愿喜欢一个人时，担心的是他会感到不适，所以那些稍微一亲近就口无遮拦的毛病必须改。有的人喜欢用冷酷的外表掩饰内心的不安全感，所以遇到态度冷淡的你，我和自己说不要慌张，想着用自己的热情去打动你，融化你的冷酷。

不想给一个人不安定感，就收起对他的企图心。你们之间的距离，让时间去一点点拉近。那种你想获得的亲密关系，先踏踏实实从朋友做起。让对方先了解你，当彼此的关系有一定改善后，再往恋人关系去推进发展。

所以，当你悄悄喜欢一个人的时候，只需要告诉他两句话："很高兴认识你"和"后会有期"。

单恋的情感路就像大山里弥漫着厚重的雾气，看不清方向，随之而来是一场倾盆大雨。洗净了迷惘才看清楚，阴天也有它美的样子。深情坚持才不被辜负，那些历历在目的付出，会化作风儿，总会在他耳畔沙沙作响。前路即使未知，尽管冒险，不停下脚步就不会孤独。

当光照进我的大地时，有一瞬间刺得眼睛痛。

尔后，事隔经年，他会走到我身旁说："留下来，或者我跟你走。"

拒绝爱情这件事

大家都说，如果一段感情里，时常秀恩爱的不是那个姑娘，而是那个男孩，那他们该是多么幸福的一对。

很羡慕拥有这样爱情的女孩，这样的姑娘人生应该很完美吧！可惜，好运从没在我身上发生过，从小就是中奖绝缘体，遇到这样的对象的概率几乎为零。但是我有着强烈的逆反心理，宁愿不找，要找就要找一个“万分之一”。

不同时期的人看问题总是有阶段性的，比如说我吧，前一阵很想谈恋爱，这段时间又在庆幸自己的自由。如果世界上万物发展都有它的客观规律，包括缘分在内，那单身的人能做的只有等，继续等，接着等……

不要小看一个女孩子拒绝爱情的决心，尤其不要在错的时候去追求一个正在追求自由的人。有人总说：“只要有恒心，石头也会焐热的。”这话听听就算了。悲情故事看多了，人们总是会认为女性在感情中一定处于劣势，其实现代女性与时俱进，有多元的审美、大胆的反叛。我们不再悲春伤秋，我们直接、洒脱、真性情。

当爱情不再是生活的刚需，你会发现命运对自己格外开恩。当你能一个人让自己感到幸福时，你就是一个能量储值很高的人。一个能将自己温暖的人，在这个社会中一定是讨巧的。

丢弃世俗的眼光，那种“单身很久，要么是思想有问题，要么是生理有毛病”的封建观念早已不适用了。女生找对象，是为了让自己在现有生活基础上得到更好的精神满足感。如果在我看来，谈恋爱只会给我添堵，那我为何不优哉游哉地一个人过呢！

懂得拒绝是一种本领，敢于拒绝爱情是一项通天本领。这样的人不凑合、不将就，知道如何让自己在这个孤独感充斥的人世间深情地活着。

我拒绝爱，是因为我还未懂得如何爱，我不能更好地珍惜爱。不是不想拥有爱情，而是我还不能给它最好的自己。我们要学会为爱情负责任，它才会对我们情有独钟。

单身的日子久了，就会贪恋上这种感觉。没有束缚，没有情感牵绊，没有失恋的风险。一切都是围绕自己转，不用妥协，不必太讲究。

女孩，遇到一个什么样的人，就可以考虑脱离单身了呢？那就是：你喜欢他，而他比你自己对你还要好。这两者缺一不可。

我是个很难追的人，每当有追求者，我会告诉对方："我不好追，你知难而退吧！"

这么说的目的，其实是在等那一个不畏艰难险阻走到我身边的人。

我们偶尔口是心非，偶尔没心没肺，可是我们真诚地面对自己，热烈地对待人生。

我一个人也可以很好，所以我不会为了错的人而错过对的人。

我们要喜欢那个一切和你刚刚好的人，没有突兀、没有距离感。绝不要因为年龄的危机感就放低自己对爱情的期待，你所谓的迟迟不来，只是它还在路上。

不要害怕拒绝爱情，只要你认真地洒脱、赤诚地生活。

失恋过后，你也这样想吗

我的时光，好像都远走了——

在你离去以后。

那些炙热的、还未消散的信念，

随着隆冬将至，随着万物凋零。

还好，过后，就是与你无关的从头再来。

从前爱钻牛角尖，什么事都要求自己必须善始善终。而今，对自己说：“你随心就好，舒心最重要。”

遇到有好感的对象，不是先想着对方合不合适，而是提醒自己先考虑，这是不是一个懂得珍惜的人。

感情这件事起初讲的是诚意，尔后聊的是承担。

现在很多姑娘在爱情里活得像个男人，扮演起了守护者的角色。这样的感情应该很难走到最后吧，因为这样的男人不懂得珍惜你的好，所以无法承担彼此的未来。真正相濡以沫的感情，是不分你我的。

很遗憾，我也还没遇到。

每一次情感的失败都教会我们一些道理，接着就慢慢形成了我们的生活观。生活观会影响你对这个世界的判断，决定着你下一次对待感情的态度。

如果能拥有爱情，就先追求爱情，纯度很高的爱才是最大的奢侈品。这样完美的前提是你是一个优秀的女人。如果没有爱情，再尝试着追求面包。一个有能力负担家庭又对你好的男人，是值得你托付终身的。如果爱情和面包都没有，那就看脸吧，找个长得好看的，至少还赏心悦目。

理性与感性是相结合的，当你觉得在一段感情中处于劣势时，请动用自己的逻辑思维，启动风险机制。不要再轻易给对方机会，想清楚对方是否能为你的爱情负责。对方的人生规划中若没有你的身影，就不要迷失自我去满足对方要求的一切。

谈婚论嫁可以晚一点，但是自欺欺人要醒得早一点。

爱给我们最好的体验就是，学会了接纳自己并且对生活还留有期待。因为一个人如果不能接纳自己，就永远不会让另一个人靠近。我们最好的样子，就是在爱里做自己。每个人都不是一百分，却都有资格被爱。爱是一场关于寻找的修行，找另一半，也找自己。好的伴侣可以互相映射出内心真实的模样，可以不完美却刚好接纳与契合，从此互为铠甲与软肋，成为真正的爱侣。

我们曾经为爱高声欢笑，也为爱号啕大哭，愿意承担最好和最坏的结果。真正的爱令人自由，不会患得患失，没有画地为牢。因自身而被爱，是一个人最强大的自信和武器，愿你拥有。

再失恋过后，告诉自己：多看看这世界，多问问自己的内心。我们都是人生的学徒，而爱情这件事仁者见仁，智者见智。失败了不可怕，因为经历过，所以懂得选择；因为拥有过，所以明白取舍。他的到来和离开，都是命运的选择与被选择。

有的人就算停在怀里，也不一定在心间。可以庆幸，你早早地看清了这一点。

失恋也是一种成长，那些痴迷的、难忘的，不过是年少的懵懂罢了。

前任也曾是对的人

如果在前一段感情中用力过猛，那么此刻的你对于爱情可能是抗拒的。有时候也会苦恼，明明我没有哪里不好，为什么我却变成了前任眼中那个错的人，然后被孤零零地剩下？

告诫所有的女生，爱一个人一定要有骨气。那些催人泪下、委曲求全的话全部变成面包塞进肚子里，因为你死不放手的样子一定很丑。当你对这个人生过客彻底释怀之后，你一定会庆幸自己的故作洒脱。到最后，所有的前任都会变成回忆，退回到朋友的位置，甚至陌生人。

你也不想哪天走在路上，一个“陈年旧友”对自己的另一半说：“你看，就是这个人，当年苦苦哀求我跟她在一起。”而你可能连他是谁都已认不出来。所以，既然对方已经不想再拖泥带水，那你就做一个酷一点的姑娘。

有句话说，自己选的路，跪着也要走完。同理，自己选错的对象，哭着也必须送走。如果问前任教会了你什么，你可以大大方方地回答："让我明白了除他以外一定还有比他更好的男人。"当然，前提是这个男生对你不够好，而不是你不够好。

因为好姑娘总会有更好的人来爱的。

女孩，在陷入感情时别高估自己，也别高估了对象。很多人刚开始在一起的时候，一定是觉得哪哪都合拍，因为热恋的感觉会主动淡化许多两人之间的差异性。

而时间久了，耐心是有限的，由三观不一致导致的问题越来越多，矛盾出现得越来越频繁，人们才会领悟到原来彼此不是"天生一对"。"天作之合"只适用于三观相契合的人，所以为了不让下一任也成为前任，在挑对象的时候，多了解一下皮囊之下的内心。

还有一个问题就是，在一开始的时候，男生会主动为女生去做一些改变，而时间长了就懒了。女生会"大众化"地以为这是恋爱中的常态，其实错了。

"所爱隔山海，山海皆可平。"山海不可平，只是不够爱。我常听到有冠冕堂皇又缺爱的人说："别爱得太满。"其实爱情这个东西是不会物极必反的，爱是付出，也是成全。而且，爱情是两个人的事，一个人努力没有用。

分手的形式有很多种，总结起来可以分为两类：和平分手以及不欢而散。

和平分手的人往往素质较高，感情的忠诚度也较高一点。这段感情里，彼此都很快乐，曾经很美好，只是最后由于某些不可抗的因素而选择了分手，互相尊重，彼此祝福。

这样的感情结局会遗留下一些小问题，例如回忆太美好，痴痴忘不掉，或者曾经秀恩爱太频繁，删起来真的很麻烦，等等。

而不欢而散的分手呢？以互相攻击为主，纠缠为辅，任何的风吹草动都可能引起一场不必要的风暴，最后我们都忘记了最初遇到的那个人是什么样子。在相爱相杀的过程中，将彼此折腾得伤痕累累，最后得出结论：和好容易，如初难，那就散了吧！

前任一定是你用心爱过的人，所有的分开都是因为谁的不努力以及谁的不坚持。曾经那个你在洗澡的时候满手泡沫也要回复的人，现在变成了避而不谈、不愿点开的通讯录好友。不管你愿不愿意，该逝去的一定会走。不论是否悔恨，也要感谢你曾经是对的人，只是——

缘分说：“不可以。”

对不起，我还不想结婚

爱能伤害你，其他任何事情都不能。

——［美］兰斯顿·休斯

近日朋友聚会，听来两则情感故事：

小菲终于决定结束和男友的十年恋爱长跑，步入婚姻殿堂，最后却做了落跑新娘。不久后的同学会上，大家不无惋惜地劝解她："要是不合适早分开了，怎么就不能结婚呢？"小菲半玩笑半认真地当场念了一首诗："生命诚可贵，爱情价更高，若为自由故，两者皆可抛。"

可可和林风是大家公认的金童玉女，听说家里连婚房都备好了，可可却因为受不了两家人的逼婚，和林风提出了分手。朋友问可可："林风不好吗？你知道多少人羡慕你吗？"可可很为难地说："我不是说他不好，但我怎么知道他就是最好的那个呢？结婚不是那么简单的事情，我还下不了决心。"

而我身边也发生了真实一例。

同学小柳的表哥约大家出来吃喝散心，众人知道他在筹备婚礼，都欢欢喜喜地祝福了他，结果表哥却愁眉不展，酒过三巡才说起一段隐衷："我真受不了她，她是不想和我结婚吗，为什么突然变了个人似的？"原来，一向温柔可人的女朋友，在他求婚之后却性格大变，一点小事揪着不放，没理由地冲他发脾气，还经常质问他结婚后会不会不再珍惜她。

席间有些尴尬，大家说了些泛泛的安慰言语，只有小柳接腔道："她是恐婚吧。"表哥不解地问："恐什么？恐我？"小柳说："就是恐你咯。怕你以后不爱她、不负责，怕和你父母合不来，怕人老珠黄了被你一脚踹开。"一席话说得表哥更郁闷了："你们女孩子到底在想什么啊！"

不知从何时起，身边恐婚的朋友愈发多了起来。当事人谈起这个话题，皆是唉声叹气，仿佛这是一个无法解决的终极难题。恐婚，不等于不婚主义，正是这种既渴望又抗拒的心理才让人备受煎熬，进退两难。

大概每个女孩子都有过这样一个粉红色的梦想吧：小时候披着白色头纱扮作新娘，幻想长大后婚礼上的模样。"从今时直到永远，无论是顺境或逆境、富裕或贫穷、健康或疾病、快乐或忧愁，我将爱着你、珍惜你，对你忠实，直到永远。”经典的婚姻誓言，在懂了爱情之后，更能体会其中的真挚与深情，也曾偷偷想过有一天要对他郑重地承诺。可幕布即将拉开时，不少人却又惧于登场。周围人的不解或指责随之而来，无疑又增加了一重压力。

浏览网络，到处充斥着关于婚姻的负面新闻，丈夫出轨、家庭暴力、产后抑郁……有网友给这些内容归纳了统一标题——“日常恐婚”。尤其是那些夸张的娱乐新闻，总是“孜孜不倦”地追踪报道明星的情感生活，有时难免让人感叹：你看他们那么有钱、那么好看，还不是把日子过得鸡飞狗跳。“再也不相信爱情”的故事，隔三岔五就要上演一遍。

婚姻的确是一场冒险，“王子和公主从此过着幸福的生活”只是童话的结局，但到了大部分人“谈婚色变”的程度，就成了一个不容忽视的社会问题。被妖魔化的婚姻生活，让很多年轻女性将结婚与不开心画上等号。

更有甚者，别说结婚了，连恋爱都不想谈。“是手机不好玩，还是电视剧不好看，你要谈恋爱、要结婚？”网络流行语背后反映的是一代人对婚姻的深度焦虑。

恋爱是两个人的事，结婚是两家人的事；爱情是伟大的，婚姻是俗气的；以前是“琴棋书画诗酒花”，现在只有“柴米油盐酱醋茶”。这种论调被反复提及，现实的矛盾摆在眼前，前人的教训仍在耳畔，也难怪女孩子们难以走出单身的舒适区。

婚姻在一定程度上是孤注一掷的事情，不仅是从情感角度，从社会制度来剖析，婚姻也是一种制衡与依存的关系，两个人的命运从此紧密相连，即便分开也一定是伤筋动骨的痛苦。

因为社会因素和生理缘故，对女性而言，婚姻的试错成本过于巨大，这也是导致年轻女性迟迟不敢迈入婚姻“围城”的重要因由。

纵然是乐观派，也了解恋爱与婚姻的落差必然存在。短暂的激情尚不足以维持爱情的延续，何况更加复杂的婚姻呢！

人生有几个节点是会让人被迫认清真相的，婚姻就是其中重要一程。一辈子活在幻想里的人，总有幻灭的那一天，早一点了解婚姻的真实面貌未必不是好事。

恐惧的根源是什么？是对未知的不可预测、不可掌握。恐婚的本质是对未来婚后生活的一种失控假设。

恐婚的人往往是具备高度责任心的人。他们认真思考婚姻，衡量自己在婚姻中的角色，考量是否能够实现预期的渴望，是否能够给予对方所有的期待。如果他们觉得尚未做足准备，就不会轻易开始婚姻生活。

善良的完美主义者，严谨、慎重，也常伴随着焦虑。生儿育女对女性而言的意义与影响，比对男性程度更深，这就使得她们必须考虑得更多。

钱锺书在《围城》里写道："结婚无须太伟大的爱情，彼此不讨厌已经够结婚资本了。"这是过来人的幽默与豁达，但身在其中时，人们很难冲破内心的牢笼，用一种近乎冷漠的理性去看待婚姻问题。

其实，恋爱的目的不是婚姻，而是享受爱与被爱的互动；同样，婚姻的目的也不是完成繁衍任务，它是实现自我价值的途径之一。

结婚不是世界末日，不婚也不是罪不可恕。

庆幸时代的进步，对现代女性而言，婚姻不再是一种必需品，女性不必依附男性才能生存。萧伯纳说："要结婚就结婚去吧，要单身就单身去吧，反正最后你们都会后悔的。"你可以相信前两句。认清内心的需求，对自己的选择负责，以自爱为前提去予人以爱，无论走向哪条道路，都是无须后悔的。

说到底，生活由你亲手塑造，选择权在你手中，你怕什么呢?

喜欢，合适，在一起

“你相信爱情吗？”

我询问了一个没有恋爱史的女生。

回答：“我相信。”

我觉得奇怪的是，她从来没有遇见过它，凭什么相信？曾经我也这样，后来我说：“爱情就像见鬼，谁也没有真实地见过它长什么样子，但是大家都相信它存在。”

重温周星驰的《大话西游》，说实话，起初我是抱着找虐的心态去看的。我期待自己看完了还能哭，还能为紫霞和至尊宝的爱情感到遗憾。这样至少说明我心里对爱情还是有念想的。

可是很遗憾，影片落幕的那一刻我面无表情。身边的观影者都发出了各式各样的怜悯声或唏嘘声，我却像一个无关的人。因为他们有一个共同点是我没有的：他们都是跟另一半来的，而我是一个人。不用觉得我孤独，还好，我只是单身而已。同时我正在寻找对爱情的信心。

现在的年轻人生活节奏很快，于是有了“速食爱情”“快餐婚姻”的说法。三句想你、两句喜欢、一句爱。很容易就喜欢一个人，不去考虑是否合适就在一起。有的人一扭头就不见了，或者再一次相见就不知道对方牵着谁的手。

越来越多的人喜欢计算时间成本，没有足够的耐心去等待一个愿意和你好好坐下来聊很久的天、慢慢吃顿饭、交流一下人生和过往的人。

其实恋爱是个过程，很多事情不需要一天就做完的。你可以花很久的时间去慢慢地了解一个人，然后感知他在你生命里的存在。如果你可以做到，才说明这个人适合你。因为长久的爱情是容不得半点嫌弃和抗拒的，这是一种双向选择。你的样子里有我，我的样子里也有你。虽然我们遇见真爱的概率真的是随机，但至少不要增加自己失败的次数。

在时间的海洋里，我们被推攘着前行。不要愚蠢地躲避爱情，也不要谄媚地附和爱情。听说公主在遇见王子前总要亲吻几个青蛙，所以不要怀疑自己，该争取的时候绝不拖泥带水，该忘记的时候也别烦郁不安。

喜欢，就是单纯地想要讨好，得到关注。

合适，就是喜欢的升华，需要理性地思考。

在一起，就是思考过后的终极目标。

如果有一天你在朋友圈发一条消息说自己在街上迷路了，而此时正好有两个男生同时在追求你，你一定要选择那个在最短时间内出现在你眼前的人。别问为什么，如果他千里迢迢来寻你，那就是诚意；如果他刚好在附近，那就是缘分。

人生有很多凑巧是不讲道理的，跟爱情一样。

我替很多姑娘这样说："我希望你能惊艳我，然后日久生情，最后我们相爱。"

Chapter

3

友情

你是清水，我是奶糖

你是清水，我是奶糖

日子就这样随着生物钟转啊转，那些想要交织在时空里的人和事依然没有碰撞。

原以为二十多岁的年华会朋友成群、诗歌酒茶，结果却是一个人在荒凉无垠的沉默中，收藏着过期的感情罐头，聆听着房子孤单的哭泣。

曾经，我说这样无斑无斓的生活会留下许多遗憾，后来出现了一个人，站在我身侧，和我一起在时间无涯里翻山越岭。友情总是能填补很多空白，总之，在彼此踌躇观望过后，一人迈出一步地相遇了。

为什么有人说越长大越孤单？

因为活得越明白，就会越缺少交新朋友的勇气。

社会功利，这个看不清楚人心的大环境，害得大家把心包裹得严严实实。被抛到社会上讨生活的年轻人，谁不是在挫折中学会了向现实低头。于是友谊有时成了一把利刃，生怕被它戳痛了，忌惮着被人知道自己的任何隐私。而那些需要和朋友倾诉的衷肠，都说给自己听了，明明内心负重，却安慰自己说："还好，还好，至少我不会背叛自己。"

小时候交到好朋友，会大方地牵着对方的手大声喊着绝不辜负，每天分享着各自的心事，和她一起在彼此的情绪中起伏。长大了以后就剩下自己一个人，误以为自己四大皆空。

小时候的朋友哪儿去了呢？世界好大，走着走着就走到了不同的城市、不同的职业、不同的生活圈子。留下的美好回忆，在夜深人静的时候也会变成遐想。

后来，我越来越珍惜身边的人，尤其是主动向我伸出双手的人。因为他们比我更有勇气，去相信即使这世界喧杂，也有一个人能看到自己的样子，听到自己的心声，理解关心自己的世界。一个人，有的只是排山倒海的寂寞；两个人，平实的话也能打动人心。女生之间能做到心无旁骛地当挚友，是需要人品做基础的。很幸运的是，我们就像清水和奶糖，没说过"你好"或者"谢谢"，不必讲究方寸或者深浅。

友情不是虚幻的想象，不是肤浅的物质共生，是彼此扶持、共同成长。一个人陪着另一个人，就像一朵花，累世花叶不曾贴合，却仍生生不息。说来有意思，都说火象星座比较对盘，两个性格刚毅、生性洒脱的人，喜欢一个人就掏心掏肺，认准一个闺密就是生死之交。这样的感情就像烈酒，长大了才刚好喝得热泪盈眶。这样的情境是不是心酸又少见？越是稀有，越是珍贵。

这么多年，我们在大千世界里存留着勇气不停地奋斗，也不断地错过，留下不少的遗憾。最后会在和挚友的交谈中风轻云淡地带过，这是友情的力量。它往往在人生故事里最薄弱的地方，用最少的互动传达出最绵长的情谊。

牵紧那个从今往后陪你填满青春的朋友，别再走散了。

假使生活依旧庸碌凡俗，有人陪着你，即使崩溃也是幸福的历练。

何况，未来会有千百种。

过往，是位好久不见的少年

人生的每一刻都是不可复制的。

原来的我天真爱哭，已经懂得激流勇进，满满的少年感。我常呆呆地望着天，天空和他始终都是我看不懂的。

思绪偶尔飘然远走，像云一样。可时间却没有化作风，将关于他的零星回忆都吹散不见。那时的我很想化作海鸥，海那么深，而他每一次与我聊起航海经历时话语都那么轻、那么温柔。

分开后的两人，常常会在人海中透明无踪。他知我本就有“社交恐惧症”，没有主动的关心和联络，我便像石沉大海，没有消息。年轮簿上记录着他这些年恰到好处的问候与点到即止的关心，翻开看看，像一杯差点冷却的热可可，残留着温热气息。

某日在朋友圈里刷到他发的消息：“外出数月联络不畅，来电必回。”迄今为止我也没有拨过这串烂熟于心的数字，只是隔三岔五地回复他掐着时差给我发来的零散的话。

很少接陌生来电，看到这一串复杂的号码，居然鬼使神差地接了。

“喂？哪位？”

“这么凶啊？”

猛一愣，是好久不见的少年。

他每次要远行之前，常常会跟我说：“刚上岸又要走了。”印象里近两年他给我打来的每一通电话都是有时差的。这一通卫星电话来自正午的红海，而我正在欣赏华灯初上的北京。

过往的青春里，一定有人是值得纪念的，失去了也觉得美好。想起碧海蓝天下战舰上这位清爽干净的少年坚定从容的模样，依然会动容。从哪天开始，我是他叱咤海天中的一丝牵挂。

“可以不用将我们的关系只看作前任。”

这通话听上去像是憋了许久，思绪很浓。每次通电话，他的开场白多数是“最近好吗”，然后甘愿当听我倾诉的树洞。在我的问题上，他总是看得比谁都通透。

对于这段关系，他处理得让人心安，宽容豁达，绝口不提那些难以逾越的坎儿，且给出有效的安慰。

内敛的我，阳光的少年。年少的时光回不去，松开手的人如今也追不上了。人生会有很多未实现的想象，恬淡美好便不会不甘。心事想起来很轻、很甜，那就是青春的味道。

也许自己也不明白，为什么不愿再拾起过往。大概是日子一点也不空虚，成长一直在我耳边说："人不要回头看，接下来的日子才会有惊喜早早地备好。"时间和阅历不停地拼凑遮掩我们过去的软弱，好不容易关于这个人曾经让我在深夜痛哭失声的事，如今能让我坦然笑着说出来。

对于感情的各种真相，我们都选择自己想相信的答案。你出现得早了一点，而我那时不懂爱。至少我们想起对方时，没有一阵荒凉感。爱拍照真的是一个好习惯，翻遍了过往，我们也只留存了一张合照。幼稚又可爱的我们，当年甚好。既然回不去也忘不掉，拿来怀念刚刚好。

一起长大的约定

我们之间的友谊，有十年了吧，你是我真心拉过钩、互相比着身高长大的男孩。

今年平安夜，你说：“希望我们能一辈子好下去。”

“我们当然会。”

十二岁那年我遇见了你，咱俩是同年却不同级。你大我两个月，但是我不服气地说我才是姐姐。你想当哥哥，后来我们约定谁长得高谁就是老大。有一阵我超过了你，那以后你便一直管我叫姐姐。我说：“长大以后，我的肩膀给你依靠。”而你当时只是一直笑。那年夏天的蝉鸣声跟今年一样好听，你笑得也如当年一般好看。

我比你提前一年进高中，你初升高的时候唯一的志愿填报了跟我同一所学校。那时候的你每天早自习之前都在班级门口等着我给你送早餐，直到我毕业。

上大学，你选择了跟我同一个城市。后来我要去台湾读书，你回家说："吉儿要是走了，我连个说话的人都没有了。"这是后来你妈妈告诉我的。如今，我在澳门念书，你在离我很近的佛山工作。这是缘分，总让我们在彼此附近，远近刚好。

十年，现在看来，对于我们来说是一整个少年时代了。我一直觉得这些年过得不算无聊，因为过往的青春全都有你。对于很多故事，我们的记忆也许不那么清晰，但时光替我们打磨的是守护彼此的勇气。

我还留着年少时一笔一画共同写下的日记，你是否还留着我毕业时送你的抄满笔记的作业本？那时轰轰烈烈地说要一辈子一起，后来小心翼翼地把对方在心里藏起，怕在这个世界的推挤中一不小心被击散。

这样的友谊多浪漫啊，一直打着只有对方才能读懂的暗号。

我们看着对方的背影，送走了彼此的年少时光。转过身来，依旧坚定地站在一起，兴致盎然地与这个世界交手。只要你在身后，我便不会忘了来时的路。

有些人注定是要爱着彼此的，时间和心都同意。十年之间的故事，也不是轻而易举就能说明白的。很多的梦都还在等着进行，谢谢你一如既往地跟随。有人说男女生之间不会有纯纯的友谊，真庆幸我拥有你，是那么令人不可思议。

这些年酸甜苦辣都一起尝，打打闹闹到如今都未心生芥蒂。有欢笑、有泪点的这部回忆录里，命运给了我们多大的奖赏。因为信任与依赖，我们始终在对方的眼中闪着光。

原来真正能比拟亲情的友谊是，我们可以互相戳痛对方，对方却不介意；我们将对方护在身后为其遮风挡雨，也不图感谢。

十二岁那年，我们坐在操场上看蓝天。我说："十年之后我们还能一起听风看云该多好。"你与我拉钩以示证明。那是无法重新拾回的时光和我们了。

如今，达成了一起长大的约定，再次立字为证：

我与你永世交好，不弃不离。

两只孤单的灵魂，一个有趣的世界

人生啊，必须要有几个熟得发烫、一起摸爬滚打的朋友，才能坚持下去啊！

我们都在学着处理各种人际关系，拖着亚健康的身体为前途和钱努力工作。时常还压抑着自己的情绪，胡乱怀疑自己。甚至用自己的缺点和别人的优点去比较，根本不懂得如何放过自己。

有一天我的好友六六问我："你说，努力和跟自己较劲的区别是什么？那条界限在哪里？"

"努力的意义，是让你更加开阔地看待这个世界；跟自己较劲，是让你目光短浅、视野狭隘地看待世界。这两者之间的界限就是自信。"

若她不问我这个问题，我想我不会开口跟她说这些话。朋友，就是知道彼此的不容易，所以会对对方心里的痛点选择闭口不言。

她是一个很宅又悲观的人，我想让她知道，自信的努力与不自信的努力是不一样的。作为闺密，就是能说出你想说却不敢给自己听的话。

成长的代价与付出的勇气都是让我们望而却步的，进退两难的状态，年纪和理想都是瓶颈。现在越来越多的人，看似无欲无求，其实内心倔强。心里憋着好多事，也不是要故意卖惨，只是说出来有人倾听内心会舒畅许多；也不是故意把垃圾倒给你让你不舒服，只是满心惆怅溢了出来，忍不住与你哭一哭，再睡一觉，第二天才能用无所谓的态度继续有条不紊地生活。

而这些能够在午夜听你絮叨的人，只有熟得发烫才能温暖你被冻住的心。人很怕在身边的人都闪闪发光时自己却越来越平凡，也只有最亲密的朋友能用“胡思乱想”的形容来击碎你的庸人自扰。

不要因为觉得自己差劲，就认为自己是个“怪物”。当你还有朋友可以小酌两杯，陪你“肝肠寸断”，你就不是地球上孤独的独居者。

现实很残酷，生活中要做到自立、自强并不容易。毕业以后，我们走了很长的路，认识了更多的人，却觉得自己还是回到最初的原点好。有道是“朋友还是老的好”，在你与这个世界交

手的日子里，是他们陪你铤而走险。

所以人到底在追求什么呢？孤单的灵魂，有趣的世界，还是，有趣的灵魂，孤单的世界？

笑脸下的悲观主义者常常会认为自己一无所有，因为一旦对事物有了期待，就容易崩溃。我们也常以局外人的姿态去看待别人，看热闹不嫌事大。常常忘记，平凡才是大多数人最后的归宿。那些忽略不掉的情绪，就留着跟朋友说吧！

当你的困惑得到了毫不敷衍的回应和小心翼翼的回答，哪怕答案不是你期待的，你都会开心一点。有人理解，已经是很幸运的事了。至于糟糕的事情，日后还有很多呢！

任性的你并不迷人，在自我矛盾中找到平衡点才可贵。无论你自卑或自负，对于世界而言，你可能显得没那么重要；但对于朋友而言，你就是十分珍贵的存在。

去感谢你的朋友们吧，他们不会对你说好听的谎话，他们只会小心翼翼地说也许不好听的实话。

有且只有一个你

为什么那么不快乐呢？因为想要解决的问题迟迟没有得到答复。在逆境中坚守才会显得自己那么可贵吗？往日如拼命三郎的自己却从未得到过表扬。要好好对自己说：“对不起，谢谢你，我爱你。”

枯燥的学习总容易让人形神分离，犯懒过后看看“库存”，已经没有了继续偷懒的资本，乖，还是继续努力吧！如何让自己精神出众，过自己这一关就很艰难。

这个社会充满了蒙骗，而我们却时常充满惰性地选择人云亦云。一旦用“标签化”的东西来了解世界，世界就只能在原有的已知的理论中翻来覆去。那些先入为主的概念，只教会我们如何看清晰过去，如果没有人来打破世俗高垒，那么我们对一切的认知就在原地打转。

我们经常抱怨自己没有安全感，没有在足够的社会关怀下长大。可再来看看，在一个安定的时代里，我们有充分的客观条件来自强。最后得出结论：所有的骚扰其实都来自我们自己。所以为什么不快乐呢？因为你总在期待凡事都有一个好结果，忽略了“经历”本身的意义，也就忘记对自己表达宽容与感激。

有一天我们会从毫无禁忌的小孩长成衣冠楚楚的少年，后来我们从热情涌动的青年变成了庸庸碌碌的中年。听上去是不是挺糟糕的？人生不会一直待在你想要的结果中。不是因为快乐的事情过目就忘，而是生命这条路的尽头就是死亡的悲剧，你我心知肚明。既然快乐的时光本就少有，何必再给自己找不痛快呢！

我从前很讨厌等待，想要抓紧一切时间做自己想做的事情。后来看看周围镇定自若的人，才反应过来。红灯会转成绿灯，公交车按点到站，雨下完就会停，不安宁感只会让自己看上去更慌张，侧面显示出对生活缺少气度。

我早已记不起过去所有的事了，姑且就看作好坏参半吧：不让自己陷入过分的苛责里，也不自满。期望的东西不要再比现实多，人情淡薄与否得看你如何自处，不想自怨自艾看你如何与情绪斗争。比起世界大同，我更愿意相信适者生存，所有的不平衡都会找到出口。

每个人都是独一无二的，也不是每个人的故事都能被讲述、被倾听。人生这场赛跑，有力量迸发的时刻，也有脚步沉重的时刻，但通向终点的路上，也一定有人在你身旁为你欢呼，在前路向你张开怀抱。每个人的位置不同，看问题的角度自然有偏差，所以接受的结果会不一样。成长就是要学会接受不圆满，然后继续努力。

往后走一走，就不再爱据理力争了。那些被粉碎过的小幻想，都会成为过去的。

最好的朋友是情人

来自长大的恐惧是什么？我今天二十一岁了，昨天我还是二十岁。青春岁月在我的年轮里又刻上了一道疤。而今年生日，我依然是单身。

其实我很困，但是我一定要执着地等到零点再睡觉。因为我想知道，究竟有谁会陪我到零点，准时给我发生日祝福。不是虚荣心，而是越长大越有被需要、被重视的需求。很快，再过一两年，我就没有孩子气、任性的权利了，所以我想趁着心还不老，多给自己的成长一些仪式感。

而现在，对于愿意守在零点给你祝福的人，真是要心存感激的。生活节奏太快，我们总是习惯性地遗忘，遗忘了时间，遗忘了不重要的人和事。如果你记得我的生日，那么说明我对你是重要的。

每年我的生日都是跟同一个人过的，我不喜欢喧嚣，不爱吵，不爱热闹。我们两个人找家喜欢的餐厅，静静地吃饭，然后拆开她精心准备的礼物，最后说一大段肉麻的话，手牵手离开。这样的感觉像是情侣，可她是最好的朋友。有的时候，没有爱人，闺密填补生活中甜蜜的空缺，也是不错的。

她今天突然郑重其事地对我说："我突然很害怕你结婚，我一定会哭得像一只花猫。"我这闺密平时像个汉子一样，我笑她："你别哭啊，那么美的伴娘，你哭丑了，把我的婚礼也丑化了。"她抹着眼泪委屈地说："我要去学摄影，还要学后期制作。如果两年后可以学出个样子，我想你的婚纱照就让我来拍。我想见证你最幸福的时刻。"我听完心里一暖，给她擦擦眼泪。是啊，我们都到了可以考虑婚事的年纪了。要是有一天她嫁了，估计我是最感动又最崩溃的那个人，因为这些年无数个没有另一半的日子，都是我在她身边。难怪她每次有新恋情，我都有一种失恋了的感觉。

最好的朋友是什么样的？她是另一个自己。你缺少的那一半，你很喜欢的个性，你欣赏的优点，她都有。你说不出口的话她都懂，你不愿与人分享的心事她一眼就看穿。

我常对她说："婷宝啊，你说你怎么就这么正呢？"

她说："那是因为我们两个像呗！"

连夸她自己的时候也要带上我。

我有时同她讲："你说我怎么就这么糟糕呢？"

她说："我比你好不到哪儿去，你已经很优秀了。"

在我自怨自艾的时候，她愿意贬低自己来安慰我，努力陪着一个不完美的我。

谁说姑娘们的友谊很复杂，我们两个就很好。彼此支撑了对方半个世界，一起长大的这么多年，回过头看，全是两个人相互搀扶的足迹。

那年，我说想做一个文艺的女孩，她陪我去了大理。大冬天的夜，只听见洱海波涛汹涌的浪声，吓得我不敢出门。她捉弄我说："你待在床上不要动，外面有大水怪。"却独自出门给肚子饿的我买夜宵。

后来，我说想去看海，她陪我去沙滩浪了个够，直到两个人都晒得皮肤发红，还傻呵呵大笑。

再后来，我们一起走遍四方。

现在，我们依旧手牵手，一起看未来的风景。

需要岁月为你证明什么

去年的这个时候，我正在为我人生中的第一个创业目标奋斗。

那时候，有一位职场大妈对我说："现在小姑娘都出来抢饭碗了，让我们这些老菜鸟怎么活。"当时我也就笑笑，当她在寒碜我。

现在，我彻底明白了，这不是玩笑话，这是"大龄剩女"为自己失去年龄优势和职场优势而发出的无奈之声。因为，这一刻，作为二十岁的女人，我觉得自己开始变老。

为什么？因为"00后"都要二十岁了。所以，女人一定要学会完成自己的阶段性目标，否则你付出的那些努力和光景，全部都付诸东流了。

女人还是需要岁月为你证明点什么，否则你的存在感从哪里来呢！我从来不觉得事业有成的女人会被剩下，因为越成功的女性越容易找到比她更成功的异性。

但是女人的感性作祟，很多事操之过急就容易造成不好的结果，事业上急不得，婚姻、爱情急不得，就连生孩子也是一件急不得的事。顺其自然，在现在是一项通天本领。

折腾来折腾去，慢慢成熟之后，发现人生百味，浓缩到最后，就是一个“淡”字。这也是我对如今浮躁的社会中女人的最高评价了。

人生中有许多失败，不在于环境恶劣，而在于没有选对位置；人的很多空虚，不在于人的孤独，而在于心的寂寞。心静，才能心安。我们都不喜欢心浮气躁、满嘴跑火车的人，可是我们都会在某一时刻失去耐心，甚至让自己陷入僵局。

只有将人生看得平静淡泊的人，才不会让物质埋葬了梦想，让诱惑左右了方向。尤其是女人，特别是长得漂亮的女人。

女人的容貌就像一把双刃剑，长得漂亮的人希望自己的人生能够足够精彩，轰轰烈烈；而长相平庸的女人，更容易掌握安静这种强大的力量。因为没有天生的优越感，所以拥有更加广阔的胸襟与气度。有时候，优势会让人迷失，劣势却会让人平稳。

如果想快乐，就要随和。如果想幸福，就要随缘。人生各种沉浮，要淡然处之才能展现优雅的姿态。如果说气质是一个女人最大的杀伤性武器，那么心态就是武器最坚固的后防。我不喜欢贪恋没有意义的人或者事，因为我的得失心被我锻炼得很沉稳。

一个二十岁出头的姑娘将世事看得这么淡，不是说明我思想老成，而是说明，我想保持一颗少女的初心：不计较得失，让生活中五彩缤纷的元素填满我的生活。

其实，我们不必嫁给最优秀的人，太出众的对象会给你压力；也不一定要嫁给最爱的人，这样也容易失去自我。对的人，无非就是知冷知热，饿了替你煮碗面，累了帮你抚个背。女人这一生，要找到一个靠谱的男人，花样不多，却陪你过平淡生活，或许就是美好的赢家了。

女人要赢，不一定要锋芒毕露地展示自己。有的时候，温柔的心态也是让自己舒心的关键。

Chapter

4

人生

不妨不妨，来日方长

你不必讨好全世界

我的不幸，恰恰在于我缺乏拒绝的能力。我害怕一旦拒绝别人，便会在彼此心里留下永远无法愈合的裂痕。

——太宰治《人间失格》

周末和几个朋友聚会，迟迟未到的小Y打来电话解释："抱歉啊，公司临时要求加班，我晚一点过去找你们。"大家都知道小Y刚刚换了新工作，新人积极表现是可以理解的，何况这种"抓壮丁"的事情发生在小Y身上也不是一次两次了。席间有个创业的朋友开玩笑说，老板就喜欢这种听话的员工。

聚会到了尾声，小Y才匆匆赶来。有人关心地问她"新公司怎么样"，谁知小Y大吐苦水，讲述了加班的原委：客户在工作群里表示急需核定销售数据，项目负责人推托家里有事，其他人也默契地保持沉默，客户再次表明是非常重要的事情，负责人就直接点名小Y，问她是否可以帮忙解决。小Y刚进项目组不久，负责媒体联络，数据并不归她管，但小Y说，她能感觉到那一刻的尴尬，客户很着急，同事们也都在期待她把工作应承下来，虽然不情愿，但她无法将“拒绝”二字说出口。

朋友们替小Y抱不平：“这摆明了欺负新人嘛！”小Y苦着一张脸，点点头：“上个公司就是这样，好像所有人的事到最后都变成了我的事，天天拖得我不能正常下班，节假日有加班的‘好事’也一定轮到我。没想到新公司也是一样，难道我脸上写着‘好欺负’？就算欺新，那新入职的又不是我一个，怎么不叫别人去呢！”

有小Y这种遭遇的人不在少数，我也常听身边有人抱怨，工作中、生活中总是遇人不淑：明明不想接受，被人要求时却不懂拒绝，没人愿意揽下的事情最后一定落到自己头上。稍加观察就不难发现，这些人具有一个共同特点：他们往往都是大家眼中的“老好人”。

我记得，当时有朋友向小Y建议：“下次再有这种事，你就硬一点，说你也有事不就好了。”小Y瞪大了眼睛，一副不可思议的表情：“那怎么行？这种事谁都不愿意的，我不答应的话，领导就会找另一个人，那个人肯定会迁怒于我啊，因为要是我接了，就不会轮到他。再说领导点名让我去，我不给领导面子也不好吧！”

“如果我拒绝对方，对方就会讨厌我，我们会产生矛盾，没准儿还会引起冲突，这样很不好。”——这就是标准的“老好人”思维。拒绝别人令他们感到恐惧，会让他们感到强烈不安，所以，哪怕不是心甘情愿，他们也会强迫自己应承下来。久而久之，所有人都知道这是一个有求必应的“好人”，若是有需求的话，对他们开口总是更容易些。所谓“柿子拣软的捏”，不过如此了。

我们从小被教育要与人为善，站在他人的角度考虑问题，但却忘了有一个前提：在满足别人的时候，要先考虑自己的意愿和能力。如果不顾实际情况，对别人的要求一概不拒，那并不是善良，而是一种病态的取悦。在一段不平等的人际关系中，你自认付出了体贴和友善，但对方只是一种惯性的“利用”罢了，反正你对谁都是如此慷慨，那就没必要为你的行为而特别感激，甚至会认为，可以对你“期待”更多。

“你那么懂事，一定过得很辛苦吧？”为了迁就对方，一再压抑自我，怎么可能会快乐？从根本来说，这是给自己套上了一层枷锁。人不是为他人而活的。别人也许会因为你的拒绝而不高兴，但你有没有问过自己是否高兴？为什么不高兴的那个人一定要是你呢？

过分取悦他人，不仅不会如你所想，得到别人同样的友善，相反，人们会因为你的顺从而看轻你，因为你的无害而伤害你。心理学中有一种解释，那些具有攻击性的人更容易获得他们想要的人生。人类具有趋利避害的本能，在与一个充满攻击性的对象相处时，人们可以嗅出潜在的危险气息，从而不自觉地去满足对方，以求得自身安全。所以，那些想当然的讨好行为，实在是南辕北辙，不仅不会让你得到对方的尊重，反而会为你招惹更多的麻烦。

曾看过一句话："在这个世界上，活得痛苦的，大多都是好人，甚至有些痛苦只专属于好人。"一个好人很难对别人说"不"，他们会从中感到焦虑和愧疚，宁愿替对方过度承担。善良的人，遇事习惯自责，先从自身找问题，害怕是自己令对方不高兴；同时又很敏感，能够准确捕捉他人的想法，预判对方被拒绝后的负面情绪。所以，好人总是认为自己该为别人负责，却并未意识到这是一场自我的道德绑架。

其实，拒绝别人并不可怕。通俗地讲，"他都好意思麻烦你，你为什么不好意思说'不'呢"；或者退一步讲，冲突也是一种人际关系的调剂方法，可以促使双方找到问题的根源，避免矛盾的累积。即便对方真的因为你的拒绝而不高兴，这个错误也不在你，你不必额外承担他人的情绪。你不是救世主，牺牲自我能感动的也只有自我。如果你总是对别人“不好意思”，那么所有人的潜意识中都会对你“好意思”，这就是现实的结果。

面对那些“不情之请”，与其吞吞吐吐、如鲠在喉，踌躇一番勉强答应下来，不如直接坦然地说出一个“不”字。你的犹豫只会造成对方的误解，比如“这个人惺惺作态是为了让我感激他”，或被解读为一种欲拒还迎的手段，这在两性关系中更为明显。所以事实就是，你的牺牲，别人未必领情。所谓“讨好型人格”，并不会讨人喜欢。

人生的构成，不只来自你接受了什么，从另一个角度看，还源于你拒绝了什么。你排斥在外的那些东西，同样塑造了你的人生。说“不”就是建立原则，为自己设下保护圈，同时昭示他人，原则之内的事情不可侵犯。一旦在周围环境中形成共识，这会给你省去很多的麻烦。因为别人知道你不会接受，自然也就不会自讨没趣，如此一来，你都不必说“不”，就可以从这种左右为难的情境中解脱出来。

人间百态，你无法时时妥帖、处处周全。用牺牲自我去满足他人，非但不可能讨好所有人，往往还会适得其反。妥协并不会让你的世界更广阔，反而会把你逼到无路可退的境地。你仰望别人，别人便俯视你，无原则的接受不值得感动，放低姿态的人也只会被变本加厉地压迫。

学会拒绝，才会得到。

希望你早些明白。

假装不来的人生

究竟要相信真理，还是相信自己，这个问题没有标准答案。只能选择更适用于自己的那一种，然后快乐且侥幸地过着人生。从前有一位老友问我：“为了一个信仰失去了那么多物质上的奖赏，后悔吗？”我微笑不作答。只要有得到，就无所谓，因为人生总是在不断地给予或剥夺，后悔只是时不我待的一种唏嘘。这世上每天都有千军万马排着队后悔，你算老几呢？

很多人都有一个无关风雅的爱好——读诗。诗人像是这个社会的一面铜镜，那些铿锵的词句在精神的二度创作下排列出让人心动的组合。文学不再是特权的时代，阅读的低龄化趋势日趋明显。那么对于作品的要求就更加严苛，遍地是市场，作品想要占领市场，就要在文字背后的精神意蕴里一分伯仲。

近来我读到一首有意思的诗：

小时候，为了
不挨打，在房间里
假装看书。

学徒时，想
偷点懒，
假装使劲拧螺丝。

读上去朗朗上口又有几分趣味，细细思之，这是一个敢于亮剑并且心思细敏的诗人道出来的话。

小的时候，长辈们总喜欢夸小孩子机灵，而小小的我们，认为得到大人的奖赏躲过责罚就是“机灵”，殊不知让我们学会了投机取巧。后来，上学的时候，老师们总喜欢勤奋的学生，为了满足成长时期的优越感，我们又玩起了角色扮演，殊不知让我们学会用套路去对待人生。

诗人这几句戏剧性的语言，调侃老道、尖酸有余、行文睿智。没有打着理想的旗帜振臂高呼，却在热络与畅聊中让人反思了过往。

喜欢一个文学作品往往是因为与它有着不谋而合的所见略

同。阅读了山甲嫡人这么多作品，有一句话看第一眼就喜欢：“心脏停止跳动后，无法假装死去。”

人的这一辈子，会在很多时候不自觉地“假装”，常常会忘记做回自己。我们斗争了一辈子，有无数副面孔，真诚也好，伪善也罢，真真假假中只有活着是唯一不能假装的事。活着的人可以假装死了，死去的人是无法再假装自己还活着的。这是活人的权利、死人的悲哀。

在这个社会中，所有戴着面具的人最后都会殊途同归。所以，为什么不在心脏还会跳动的时候问问它：“现在的我，是你喜欢的样子吗？”

喜欢一字一句都慎重的诗歌，也爱这种潇洒肆意的现实基调色彩。在精神被升华的过程中还能参透点禅理，诗歌像是人生某一段路的缩影。人生不假，诗歌也不能。我常说：“想将日子过成一首绮丽的小诗。”无奈我缺少了作为诗人必备的那点幽默。很多时候看得太透反而不那么快乐，怪不得说诗人都是疼痛体质。

我是个文人，算半个诗人，我拒绝痛楚。所以下次见到忘年交山甲兄我还得戏弄他：“我阅读的快乐建立在你的痛苦之上。”

长大的过程中，假装明白很多道理是人生常态。就算在心被撕得稀碎的时候，还喜欢假装没事。既然我们真实地活着，就请尽力真诚热烈地去感受生命吧！

看到自己朴素的样子

差点以为自己丧失了写爱情小说的能力，急匆匆跑去问自己刚成年的小表弟：“你呀你呀！快教我，怎么谈恋爱！”

“你难道没有谈过恋爱吗？”

“不是呀，你是小年轻，套路多一些！”

“我是一个真诚的人好吗！”

“真诚的套路也是套路！”

他哑口无言地看着我，不得不承认我说的话有三分道理。

因为自己是一个很酷的女生，不喜欢那种主动撩我的男生，会觉得有一点骚包，所以我根本就不知道男生一般都是怎么不动声色地撩女生的。但是往往那种追来追去、撩来撩去的烂俗剧情比较受追捧，迫于专栏压力，我只好弯腰去取经。

表弟一脸扬扬得意：“原来在我看来无所不能的你，也有求助我的时候！”

是啊，在别人看来，我是一个还算优秀的人，但是其实只有我自己知道，我经常自我怀疑、否定，再重整旗鼓，然后继续怀疑自己，周而复始，没有尽头。我询问了身边同样看起来年轻漂亮又有能力的姑娘，她们的情况跟我是一样的。很厌烦这样的日子。

人在很糟糕、焦虑的状态下，即使得到了光环，也会很厌恶自己的“虚名”。不知道是不是只有我是这样，在一段时间里极其讨厌戴高帽，也无心理睬世俗的眼光，所谓“真实”地接受自己，到看自己更多朴素的样子。想着是正在进步吗？慢慢地会摆脱以前的自己吗？不喜欢活得太入世，但是不得不活得那样。久而久之，人会变得不那么自信。

于是我又开始怀念从前那个自认为很特别的自己。觉得自己特别其实是一种难能可贵的心态，很多人不这么想，所以看不到自己的闪光点。

我曾经疯狂地出去旅行，想真正地看看这个世界，看看更多的人。但是最后我还是希望在见过所有以后，还对自己充满信心。

很多长辈在询问了我的年纪之后都不由得感叹：“真的是最好的年纪，我一直想回到你这个年纪。”但是他们想了想之后又会发出另一句感慨，“其实三十岁、四十岁也很好，只是不一样的感觉。”

有很多成功人士，你以为他们每一步都走得很幸运，其实他们的勤奋远不止你看到的这样。他们精神压力很大，甚至有时会觉得自己是废物。谁都希望自己活得轻松一点、省事一点，但是无奈社会就是这么凶残。

我常常心情不好的原因就是有太多事情做不完、不想做，于是就陷入了困境，但是只有我自己知道，我真的没有用尽全力。我要是再努力一些，应该早就摆脱现在的困境了。目前的困境都是因为我不够强大，大部分时候都是生自己的气，而不是气别人。

人到青年就会慢慢做到“吾日三省吾身”。自我批评不要紧，心情不好的时候一定要跟好朋友互相安慰。心事太重的人连走路都觉得沉重，放开自己，做一些实用的、心疼自己的事情。

前路跑起来，可能会被绊倒无数次，但没关系，至少你迈出的是自己的步伐。

和你说的悄悄话

转过时光的齿轮，来到青春印迹满满的时间轴。我是一个不喜欢记流水账的人，不常记录，所以许多事匆匆就忘了，但我会把充满情感的字句写下来，和乐于欣赏的你分享。

不爱慌慌张张的生活，有着热情和温柔的生活态度。二十三岁的我，仿佛正在走一条狭长的山间小道。路径蜿蜒崎岖，却不妨碍随时可以自唱自跳。

经验告诉我们，较理想的人生状态往往是充实且疲惫的。惊喜就像是天边不常出现的彩虹，遇到方知有。人生这一条轨道，每个站点都可以停，也随时可以再上车。很多人选择在二十岁出头的年纪下车看一看，这时的天总是有好天气，这时的我们总是有着充沛的精力。

时间从来不是用来消磨的，每一个风和日丽的日子都是叫人百看不厌的。就像每一本写进自己心里的书，都像香气十足的无添加黑糖，甜而不腻。

作为一个对精神粮仓有着巨大需求的人，也渴望成为你的粮仓中转站。翻开这本书，再次见面的你仍是如此美好。天气就像女生的心情，偶尔奇奇怪怪，天灰蒙蒙的时候告诉自己，很多五颜六色的风景，不论阴晴，都能绽放。

也许你会觉得我写的某一篇文章，好像曾经的你。我也希望，和你走过相似道路的我能更加走近你的生活。青春总是会陷入窘境的，没关系，带着失落感我们一样可以生活得很艺术。不要害怕面对人生的各种情绪垃圾，越过山头，这些东西会被我们踩在脚下。成长的路上其实不必特意找角度把自己拍得很好看，亲近真实的自己才能美得过瘾。

不想告诉你如何遮风避雨，窗外常有蔚蓝天空，就像生活到处都有转机一样。潮落之后一定有潮起，在平淡无奇的生活中努力做海里发亮的星星。

年纪轻轻的人总会缺少安定感。可安定感究竟是什么呢？是有一天，我们不再为了明天而担忧，认真地索取快乐，认真地活；是有一天，我们真的相信，相聚有时，人生无限。希望翻完这本书的你，能发觉今天就是“有一天”。

人生这趟旅行，有太多值得来的理由。走到哪里就有哪里的开心，愿你每一个饥肠辘辘的夜晚都有爱的能量去填满。走在后来的街道里，连呼吸都是放松的感觉。

有一天你会像我一样，爱上当下的自己，会爱很久。

生而为人，生而为赢

我们只是沧海那一粟，愿你明白。

很多时候，我们铆足了劲等待，等待那一个人的到来，等待精心栽种的花开，等待命运何时垂青、理想照进现实。当你等不到的时候，会告诉自己一切都是最好的安排。而事实是，那些最好的经历往往在对一件事或者一个人的热爱、付出，并且认为值得的过程里。青春的夙愿美好，大概是因为它充满热血。青春里的男孩、女孩美好，大概是因为他们都留有天真的慌乱，用自己的方式实现自我。

近年辩论形式的网综开始引起热议，大家在关注节目的同时也重新审视说话的重要性。通过对一系列问题的讨论，看到社会各种现象的A面、B面，而那些最佳辩手们，其实大多是我们的同龄人。他们的释放让我们看到，为自己的观点努力佐证是有意义的，我们的青春都在建立自己的学问；而那些与自己观点相悖的，也是值得尊敬的学问。

一个成功的人，可以狭义地定义为令自己骄傲的人。人生大戏，能演好自己的舞台小剧已实属不易，不必去别人的人生中指手画脚。我不介意给自己贴标签，我介意的是一成不变。人在进步的过程中，会得到各种各样的标签。那些正面的词汇越多，你的能量就越充裕，渐渐地，能量变成光，久而久之你会站到人群的中央。

作为一个作者，不仅不能逃避，反而需要不断地找寻真实的自我。那些富有情感的文字，诚实得像一面镜子摆在读者的眼前。不能与现实过于亲近，也不能与它过分疏离，每一篇文章都是真我的表达。人会试图从和自己相似的人那里去获得一些支持，如果你也是个偶尔和自己较劲的“怪人”，那么你会发现我们的相遇正好：我不假思索地走上文学之路，就像你似懂非懂地坚持着自己的理由。

很多人漫不经心也能走完这一生，反反复复的限制与束缚会让我们沉溺于白日做梦。理想明晃晃地在我们眼前跳动，现实的一地鸡毛却暗暗戳痛我们。

勇气就像上天抛撒至人间的糖果，不是人人都拥有，却人人都想获得。那么你首先要有强硬的态度，去面对那未卜的前途。

勇气是需要累积的，所以请做一个好人，鼓励别人，也被人传递勇气。当有一天，你崩溃绝望，想要将一切一了百了的时候，它会站出来感谢过往那些表现很好的你，并且抑制住冲动，帮助你从困境中走出来。

如何做一个令自己喜欢的人？在体验艰辛的时候，渴望甘甜；在如履薄冰的时候，正视自尊。不要把痛苦都藏在心底，有胆量把它们都发泄出去，义无反顾地让自己过快乐的人生。这不是大道理，而是生活本来的意义。

收起那些小聪明，认真经营。也不必怯懦，生而为人，生而为赢。

命之运，从来不洒脱

命运有时会给我们上几道枷锁，让人无法挣脱出来，从而痛苦地生活。后来，我们会遇见一个帮助我们成功脱困的人，他会用时间陪我们走出一个个困境。也许我们经历的每一个磨难都是为了更好地活着，有一天我们也许会庆幸，年轻的时候尽管命运没有善待我们，可我们也没有荒废自己。

近来很容易觉得困顿，究竟要走什么样的路、成为什么样的人，才是最好的模样？思索再三，没有一个满意的答案。因为太年轻了，在没有经历更多的沉浮前，是没有资格向命运索要更多奖赏的。

想到了很多关于未来的画面，也许是一个不堪重负的自己，也许是一个更加笃定自信的自己。那些未知的、不确定的，也许就是未来留给我们要一一揭晓的悬念。

每个人这一生，也许有许多想要成就的事。可是年轻的我们，目光所及之处，总是有看不见的壁垒。尽管我们很努力地去完成自己的每一个任务，想要交付一份满意的答卷，可是结果总会因为各种客观的因素而不尽如人意，促使我们总想在下一次再努力三分。久而久之习惯了“拼命三郎”的状态，最后累垮了自己。

活得太世俗，容易被欲望吞没。活得太洒脱，容易被现实抛弃。

刚入社会的年轻人，心里都有一杆秤：我究竟是要做一个合群的、随波逐流的人，还是做一个孤独的、为理想振臂高呼的人？在内心戏很丰富的时候要学会沉默，在波澜不惊的时候可以尝试着表达。有时候成长是站在对立面来观赏自己，我们欠缺的，就是成长想要教会我们的；我们有过之而无不及的，是它要随着时光迁移带走的。

想要不痛不痒地过一个不太喜剧的人生，害怕悲喜交加的剧目。看上去精彩跌宕的情节，对于我们这种想要平淡无奇的人生的人是一种冲击。我们总说人生是充满矛盾的，在你急功近利的时候，它一定会让梦想离你远远的；在你淡泊名利之后，它却会不经意地抛下一个礼物，像一颗无法拒绝的甜蜜糖果。

然而这个时候的你，经历了很长一段时间的自我消磨后，已经稳重了许多。从前抱怨命运为何让自己经历了那么多奇怪的磨难，后来感谢它给了自己锻炼的机会，让自己有资格去接受更多的来自命运的垂青。幸运会偏爱经历过苦痛的人，因为那样的人生更有厚度。

有人总会告诉我们许多生活必备的常识，却不能教会我们如何好好经营自己的生活。我们听过许多来自先人的道理，却也不能做一个圣人。命运就像一位哲学老师，让我们学会一分为二地看问题。也许它会指引我们去走我们并不想尝试的道路，但它也会准备好意外的惊喜让我们有坚持到底的兴致和决心。

曾经做过一件很有意思的事，我对命运说："从今以后不再与你斗争，请你赐予我尘世的幸福。"而后才明白，人这一生想要获得什么，就必须斗争。也许是和自己，也许是和别人。这个世上没有任何东西是不需要努力就可以获得的，除了老去。

只有经历过，才能真实地感觉到我们在延缓老去的速度，让生命的内容更加丰富。我们总能看见自己手心里代表命运的掌纹，可时常会忘记，它就握在自己手里。

做个幸福的人，让世界知道你有多好

朋友常会对我说：“我最近特别难过，需要‘心灵鸡汤’。”我总是嘲笑他：“可能你需要喝下一碗‘心灵砒霜’，方能以毒攻毒。”

对于那种生活在浑浑噩噩之中，一而再、再而三地沉溺于迷茫而不主动寻求出口的人，没什么好宽慰的。

我试着过了很长一段看似自由、实则懒散的日子。虽然短期内看上去一无所成，但我惊喜地发现，我学会了接纳自己。

盘点一下自己的缺点，过去会对自己加以批评却没有时间反思，如今会给自己一些时间和空间，像引导一个孩子一样引导自己。

这个世上有多少人每天都在逼着自己进步，却从未问过自己是否承受得住。

我将朋友圈里那些因为面子功夫而加的“好友”全部删除了。可能有人会说：“那你当初干吗加？”对不起，那时候的我还没有想清楚一个道理：没有人能以你想要的方式来对待你，除了你自己。

我是一个特别乐观的人，这世界有朝有夕有四季，有火锅、炸鸡和朋友，四季会替你掩盖过去，朝夕会为你证明你的付出，所以什么事情失败了不要紧，大不了再来一次。这个世界的美好在你伤心的时候是具有治愈功能的。做一个幸福的人吧，真的，你都不知道自己究竟有多好。

零零散散写到这里，只是费尽心思想让你好好生活。那些看不清的人和事，站远一点就能看清楚了。感到孤单的时候就去发泄。无病、无灾、无痛就是一个好的状态。不要别别扭扭地强求自己去当一个圣人，也不要磨磨叽叽地做一个胆小鬼。日子之所以有悬念，是因为顺顺利利没有波澜会少了许多惊喜。生活明朗，万物可爱。精神抖擞地好好生活，别想太多。

勿忘心安

到了一定时间，才会明白这样的道理——

所有悲伤的情绪，都不是心血来潮；凡是能让你痛的，都是你曾经爱的。

我们的内心，总是会经历不同程度的疼痛，从一个可以自由地爱和感觉的人逐渐变成“情感瘫痪者”。

生活，从来都是从平衡到打破平衡，最后又归于平静的过程，我们要习惯每次尚未擦干眼泪，便可转身笑脸迎人的场景。

……

这种听上去仿佛过于风轻云淡的言语，在现实生活中遇到，又何尝不是这样的道理呢？

当我们都没有了为那个人赴汤蹈火的勇气，那就慢慢学会在哪里跌倒就在哪里趴下好了。行人留下的足迹，是终将会被慢慢地淹没在未来漫长的生活故事里的。

很多时候，分手的场面都挺难看的，如何学会在这段感情结束时及时地修正自我，才是我们经历这段情感的意义。

小时候觉得自己的时钟好像停摆了，动也不动；等长大了才希望它真的可以慢一点走。是明明长大了却还没懂事的感觉吗？

我说不清楚。已经开始害怕和老朋友一起“想当年”了，不想承认当年的那个傻瓜，现在依然还在犯傻——还是会对着风儿说傻话，希望它能带着自己对自己说过的“加油”，穿梭在过去和未来。

一段失败的情感经历，就像一次伤风感冒，只要不发烧便不必害怕，伤过之后我们的免疫力都会潜移默化地随之提升。命运从不会作弄真诚等待幸福的人，只能说当下的我们还不够好，那就再给自己一点改变的时间吧。

要好好感谢过去勇敢的自己，走到如今这个不大不小的年纪。现在的我们，有着前所未有的明辨是非的能力和专注自己的思想。

虽然每年的四季都差不多的样子，但每年的我们都应更加懂得如何做好自己，照顾自己。

“断舍离”听上去挺痛的，其实无非是想图个清净，把有限的精力和付出，留给值得的空间和对象。平时的种种日常，已经让自己透不过气了，何必再平添一些糟心的、并不会增长什么智慧的人和事呢，徒增压力而已。

让自己自在，才是真正了解自己的表现。先学会从升级自己的情感开始吧，把需要舍弃的、令你极度不适的，留在过去的时间里就好。

我们都希望日子没什么烦恼，哪怕枯燥一点也还好。那些让你失眠、捋也捋不清的麻线团，已经不是谁要原谅谁的纠葛了，放过自己比什么都重要。

所谓成长，不是让心变狠，而是教会我们如何做到在失眠过后，可以和颜悦色地面对这个世界。

真正的幸福，是可以面对自己笑着说出来“请你一定过得好”。

每一个来不及说再见的故事，都像夜里迟到的星星，它们一路蜿蜒，组成了我们成长的轨迹。在这星河灿烂的人生，每一次微笑都是过去的注脚。

我终将把你忘记

人大醉过一次，醒来之后就比任何时候都清醒了。遭遇总是在提醒着我们，小心聪明反被聪明误。在我们漫长又短暂的人生里，时常会觉得孤独。孤独往往不是因为独处，而是心里有爱而不得的人。痛点往往是因为刚需，想念只是底层欲望。可气的是，在孤独的群体中我却是个平庸之辈。

也不知道时间到底是个老头还是小孩，反正脾气都挺坏的吧。它一次次让我看起来无畏，只是证明了自己的无知。

十九岁，我对自己说："你笑起来很好看。"

二十三岁，遇到故人，他说："那时候的你，看起来很好笑。"

他说我看上去笑得不太窈窕，我却觉得那已经是我万里挑一的样子。年少时的喜欢，从真心话变成了大冒险。他也从心上人，变成了过路人。

和他在下着雨的苏州走了走，寒暄的方式似是萍水相逢。干干净净的街道，被雨水洗刷的青石板路。带着一尘不染的回忆，来兑现分手时说的后会有期。苏式园林满目翠绿，万物自然，对前任的感觉也就是这样了吧！

我们并不深究过去的事了。白天有些热，人多且杂，我们赏了昆曲又听了评弹，曾经约好的要一起旅行算是如愿以偿。其实我们都不是第一次来苏州了，而这趟却记住了苏州的每一种味道，醉虾、醉花螺和醉了的自己，都喜欢。

损友都问："你是去和他重温旧梦的吧？"怎么会呢？如今我能过得好，绝对不只是因为运气好。失恋就像蝼蚁被沉入海底，那种窒息感是一生都忘不掉的。可人的这一生不会走捷径也不会走弯路，你经历的就是你该承担的。写着他名字的迷雾森林，你闯过一次，便会记得如何挣扎着走出来。

回来以后闺密问我："你俩再联系了吗？"

在机场轻轻拥抱道别过后就各自去找崭新的人生了，这是属于我们的故事令我满意的结局。这一回我走得体面，他也转身转得慷慨。对于前任的感情是具有耗散属性的，若你不学会把他让给别人，他便会一直在回忆里折磨你。何不让我们都做个自律的人，清静无为中度着快乐人生。

长达三年的失眠不治而愈，终于摆脱被过往支配的生活。清理完生活中所有的情绪垃圾，和痛苦的“意难平”挥手再见。面对未来看似无厘头的状况，还是满怀期待地去过接下来的人生。我一定会遇到很有趣又有才的新朋友，也一定还会有来自生活的毒打和需要自己去吞咽的苦楚。但想到这些都和那个人彻底切割了，感觉是——如释重负。

与其背着过去的行囊走前路，不如将这个包袱丢回到你来的地方。尔后步履轻盈、性格洒脱，好好照顾自己，吃饱睡好，专心赚钱。

这青春狂妄，爱过、伤过、痛过，结局一定要是往幸福的海角飞奔才不虚此行。

时光很长，你我未央

“我们还有时间。时间很长，慢慢来。”

你像个孩子一样对我说出这句话。这时我才发现“来日方长”是多么温柔的一个词语，抚平了我缠绕这世界纠结几夜的庸人自扰。

我是一个极度慢热的人，和你一样喜欢给别人设置很多很多的谜语，又期待着谜题一一被解开。

生活如此奔波，工作在与情感的较量中不知不觉占了上风，措手不及地走进了我的生命里，仿佛山风海啸一般。爱和亲密，是过往人生里不敢提及的议题。那些在原地踱步、被你托举的日子，早已不是天黑天亮周而复始的忙碌无聊。

装傻，是逃避蜜糖变成砒霜最笨的方法，而当你走近我身旁，我才捕捉到我在你眼里的重要。

我笑了笑，说了句“请多关照”。

许多话来不及开口，很多情绪也无法自圆其说。更多的时间里，我像老友叙旧一般和你聊着天，不痛不痒的话题也愿意不厌其烦地和你掰扯。只想在短促的时间里褪去一身坚硬的外壳，把那个快乐又优雅的灵魂拎出来，陪你在这座城市的边缘走走。

闪着光的事物总是会很快地变回混沌，却依旧奢侈地想将有限的光亮用来点亮对方的一寸心房。从点点到灼灼，从澎湃到归于平静，这些发生过的故事，都将成为岁月中摇曳的灯火。

只有骄傲的人才会心口难一，就连那种患得患失也是成双成倍的。而我时常“心肺全无”又理直气壮的模样，在你眼里却一直都是傻痴痴的。走着走着遇到你，躲着躲着喜欢你，直到现在还略显僵硬。

当一个理性的人开始不自觉地别扭起来——暴躁、傲娇又幼稚，这便是一个关乎“我什么时候开始喜欢你”最好的答案。

更加值得纪念的是温柔和感情，因为日子很多，勇气很少。你不止一次想要帮我规避未来的现实与沉重：“等你慢慢信任我，等我慢慢保护你……”知道这会很辛苦，可是能听到你对我说出这句话，真好。

慢慢学着不再淡化情感的表达，不再压抑自己的感受。其实我们都一样，接受能力虽然不是很强，不是什么都可以理解和接受，但是有些话，还是需要请对方先亲口说出来。

假惺惺说自己微不足道，却还是想把你的水深火热都走一遍。我再也不会给自己的来路设置任何框架了。哪怕黑着灯走夜路，我也期待我们可以一起等待黎明破晓。

伴着炎炎夏日热乎乎的晚风，少年的内敛与无邪才是这七月人间该有的样子。

时间给了几分薄面在你陪我走的每一步，人生很长且忙碌，天很高，云很重，手很空。那些乱七八糟的生活碎片拼凑起来的场面，竟然也很体面。

不值一提的累和苦，大多被及时地自我消化，崎崎岖岖的弯弯路让我熬了好多的夜。昨天醒来后，我想开了，把关于你的生活实录写进时间的信箱里。

我们抽时间喜欢对方，抽时间让灵魂自由吧。在生命的最后一刻，我再将你从那一摞厚厚的人生报告中抽取出来。我想，那个时候的我才会明白，原来你是我的树洞。

你说，月亮最美的时候，是看不见星星的，但它们一直都在。

Chapter

5

行走

心有多大，舞台就有多刺激

失落小札

昨夜我做了一个很长的梦，梦里你来过，而后不辞而别。我撕心裂肺地哭喊，满世界找。

从来没有一觉醒来后如此悲伤，我瘫坐在床上滑开手机，依旧没有收到你的问候。或许梦里的情景就在告诉我，当下若不再停止对你一厢情愿的付出，那么我将面临的困境，便是遁入迷宫，再也找不到出口。

感情这件事，一开始我们会不自觉地做加法，对对方的好奇、喜欢、憧憬，都会让我们在这段关系中的感情程度加深。而后，第一次受到伤害时，我们会抱着侥幸心理安慰自己。后来就像遁入迷宫，一直在原地打转，在自己画的一个圈圈里来回踱步。

诗性化人格让我从一开始就理想化，没有忍痛看清楚一段关系只有两情相悦，不能分庭抗礼。你所以为的在其中展现的倔强，那只是你一个人的演出。那些你曾想逃避的事实，当你感到痛苦时，就不得不面对了。既然没有观众，那请自己谢幕。

决定忘记一个人的那一刻，是很酷的，究竟如何做到，还需要继续摸索。一段关系里，谄媚的求爱是没有用的，拔高自己也是在做无用功。在任何一段感情的最后，都会体现出一个人自我的修养。

有才华的女生要学会管理自己的才华。操持错综复杂的人生从来不是一件容易的事，如果一个人的才华只用于卿卿我我，那也是一种对自己低水准的解读。

对爱和自由的向往是女孩的天性，那是值得我们追求的美好价值。爱不是不能启齿，而是它弥足珍贵，要留给懂得珍惜你的人。

人有很多特性是天生的，不要用多崇高的道德感裹挟任何人，看似冷漠的人也许只是不热衷于深入探讨情感世界。若你的情感经历事与愿违，也不要怀疑自己或其他，不如洒脱转身，重新寻找生活的方向。一个人的儒雅和学识在感情抉择中会有充分体现，生活有很多乐趣，理智的人要学会将精力从爱情中转移出来，偿还自己的自由。

绅士与淑女的姿态，更适用于单恋过后的自我结束。失落感一定会有，晓以大义就能纠正自我的执念。

很多时候，人与人之间有了纠葛而后没有结果，才是最普遍的结果。好好地感受这个过程，人生又多了一段经历。虽然不太成功，但每一段爱的发生都是一次成长。有一个正确的认识，经过反思的辨析才是有意义的。

性情中人，不爱，也体面。

漂流瓶里的小故事

似曾相识的开场白："好久不见。"

"嗯，还好吗？"

"老样子，以海为家。"

一个天生的航海家，他单名一个"航"字，他父亲取的。

五年前他站在海边对我说："我小时候就站在港口，看着我父亲指挥舰艇出海。"不难看出来，他的眼眸里闪烁着渴望。

"你喜欢大海吗？"

"喜欢，并且想要征服它。"

一个人的胸襟里装着大海，站在旁边的我不由觉得自己好渺小，像海上的浮萍。

五年过去了，我们每一次的谈话，都是简单的嘘寒问暖，这个有勇气去征服星辰大海的男人，面对自己的心事有一些嘴笨。

这些年听着他每次登陆后跟我说的航海旅途中的大大小小的趣闻，我也明白了一个道理——

倘若我是可以随时停泊的岸，那我喜欢的人最好不要有一颗漂泊的心。否则，这是一场即使喜悦却不安稳的感情经历。

人生和航海其实很像，不知道下一站停靠的是左岸还是右岸。在迷雾中迷路时，才会想起那个给你光亮的人。感情罗盘，要找到港湾需要很长的时间，历经很多的考验。

真正的航海要体味浮浮沉沉，体会漫长岁月。从新鲜亢奋到焦躁不安，再到淡然面对，最终，还是要停靠岸边。走上陆地的一刹那，会觉得很不真实，却极度满足，因为你劈波斩浪来到了一片新大陆。这种冒险家的精神，让我们对生活本来的样子多了一分敬重。

小时候很喜欢收集漂流瓶，然后将里面用草绳捆好的信纸偷偷拆开来看。那个时候不理解为什么大人都喜欢把秘密写进瓶子里让它飘然远去，我猜，可能他们思念的人就在海的这边吧，而我碰巧拾起了他们的心愿，也算他们的倾诉有了一个虔诚的聆听者。

自己做了一个漂流瓶，里面装上了彩色许愿沙，祈祷每一次踏浪而去的你可以平安归来。这世上有人喜欢流浪，就有人喜欢等候。我从小就喜欢读与海有关的童话，看完《海的女儿》时泪眼迷蒙的画面现在还很清晰，这也是我觉得某人特别的原因之一吧！

来到了五年前遇见他的那个海边。时间真是会把人的内心打磨出厚厚的茧子，也因此才可以承受住风浪。我收集了很多关于大海的古老而神秘的故事，妄想更了解它一些，却无法丈量它的宽度和厚度，就像无法猜透他的心一样。站在海边，清风陪着我饮酒。为什么说不能贪杯，喝得太多就醉了。爱也是一样，爱得太深心就碎了。不知道他的船驶向了哪里，那些我闭口不谈的心事，让许愿瓶带给他吧。五年的等待，等不到归人。后来海誓山盟对我来说，再也没当真过。

海水正蓝，我们就此别过。无论潮起潮落，我们越不过的是人海。

外向孤独症患者

每当情绪低落的时候，总想去旅行。

是已经难过到不行的时候，不是走向低潮的刚开始。我们尽力让自己从困苦的情境中抽离出来，想大声嘶吼的时候却让自己嘴巴闭紧，走着走着好像就能安定坦然地去接受自己受到内伤这个事实。

当然，旅行只是一种形式。形式并不重要，只要能让自己舒坦。青春年少，在飞向蓝天的过程中，一定会有下坠的时刻。笑容不必刻意，山水迢迢，累了就原地停歇。我很喜欢看喜剧电影，虽然没有办法满足内心真正的需求，但是可以排解掉一些负面情绪。

小的时候父母用尽全力保护我们，避免我们受伤。可长大以后，我们时常忘记，外伤好治，内心却真的很难痊愈。善良是很珍贵的东西，不是人人都有。就算知道有时过于善良不是一件好事，我还是想一直善良下去。所以暂时觉得自己平庸失意的人啊，请保持一颗纯良的内心吧！

从甜甜的梦到彻夜无梦，是你认识这个世界的过程。

从彻夜无梦到彻夜失眠，是你在这个世界深陷泥潭的过程。

后来我们都变成了沉默与热情兼具的人，明明孤寂，却看上去无比热闹。

经常在午夜时情绪泛滥，发现一个人独处其实不是真的寂寞，真正的寂寞是在无尽的喧哗中丧失了自我。我们经常说“找回自我”，当爱自己成为一种能力，我们都需要适应这个能力获取的过程。人和人之间各生欢喜，悲伤却大多相似。长大以后就会丢失让自己快乐的初始动机，因为在心态上许多事从死磕变成了顺其自然，既无波澜，快乐的意义就变得浅淡。

许多人都没有意识到消除压力的重要性。明知道当下的自己很难自处，也要独自面对。我们对于伤痛的知觉会慢慢钝化，因为一次次对它逆来顺受。后来，我们锈迹斑斑的心也就融入不了热气腾腾的生活了。

任何时候，都要尽量做到不违心。不要变成自己看不起的样子，这样便不会没底气。成熟不是让自己变成另一个人，而是让原来的自己坚守目标时更加快乐。很多时候，抑郁的来源，是丧失了自我认同感。

很多时候我们以为自己很倒霉，但是过后再看，其实那时候的我们挺好的。许多的珍贵，都是后知后觉。

人很擅长与自己过不去，却很难与自己达成和解。朋友犯了错，也许你会找一万个拙劣的借口帮他开脱，可自己犯错，就认为自己很失败。放宽心，每个人都有自己的局限性，当现实与自己的目标出现偏差时，不要只顾着否定自己，要对自己说："从现在开始默默地努力。"

因为一切如意的开始，都源于自己的修心。我们的目标不是要做这个世界的第一名，而是让自己变得更好一点。

拥抱不完美的自己吧，不要困于自卑、孤独的旋涡里，我们只是走得慢一点。

有方向地前进，才是对成长的不背离

作为一个第六感很强的人，我告诉自己：很久很久以后，站在任何一个角度的你，都很美。未来就是你想要的模样——想登上的高峰，步行就会到达。

经历过很多次彷徨，跌倒，再狼狈地站起来，才知道好的心理暗示对于一个正在匆匆赶路的人来说，真的很重要。

我们长大的每一个阶段都曾疲惫不堪，过后回头才会内心释然地说：“我好喜欢站在这里看到的风景。”就像每一次临近毕业的时候，多多少少都会有一丝慌张，可当这个阶段的学习正式结束，一定会有一个休假在迎接你。这种阶段性成长的快乐妙不可言。自我认同感，就是从过去和现在的比较中衍生而来的。

生活中总会遇到不愿意面对的时刻，也会有每一分每一秒都觉得快乐的时刻。当天色慢慢暗下来，不停地分享着这一路的收获，回忆都变得有声了，听得我们带了些许泪，当然，还有抑制不住的笑。

很多人都有这样的经历：和喜欢的人只有一步之遥，却没有伸出手；两个人的剧目在夜梦中散了场，却执拗地希望天不要亮。但我们终究要回到现实生活中，清醒地活着才能继续做梦呀！

青春从来不会悠悠闲闲——有方向地前进，才是对成长的不背离。谁都无法将成长的真谛讲得头头是道，但都希望无可挑剔地喜欢自己。无数次把自己的信念揉碎了以后，还是要说：放弃不难，但坚持一定很酷。

成年人的世界，人心或许是最温暖也是最寒凉的东西。看清楚这个世界不完美的地方，当作长见识就好。学着与自己相处，就是为了不自卑地生存。

请友善地对待自己吧，理解和爱同等重要。

人生每个阶段都有不同的主题，一期一会。该往下一站去的时候命运也不会允许你逗留，所以，所有的甜的苦的都是有限的。若干年以后，我们能记录下来的，都是边写边笑的回忆。

人生没有什么攻略是拿着就能信心满满地出发的，磨磨蹭蹭也不能将曲曲折折的路少走两步。早一点勇敢，兴许九分的幸福就能跑到十分。

和朋友聊天的时候常常会问到：“你最不后悔的事是什么？”我想说，只有不后悔的事比后悔的事多很多，这样的人生才有意义。

总是听到奶奶说：“有机会再年轻一次的话，一定要多留些时间给快乐。”

年少的时候总是怨时间太漫长，真正与它别离时却惋惜它何其短暂。形形色色的人和事串起生命的情感线，最后淡忘在变化的指纹中。

连垃圾都被人类分类管理了，何况是自己的生活呢！只要意外不常造访，生活就充满了大满足和小幸福。

总愿意相信遇见流星心愿都会实现，因为不论长幼都需要浪漫的场景来美化自己的生活。我们都在长大的路上，去成为自己想成为的那个人吧，在风雨飘摇下茁壮成长。

你可能在想，一大拨人里怎么会遇见我？我的答案是，是文字让我们不被错过。老了以后，它也会成为你的记忆。

找到点亮你人生的方式

其实，人生中有许多考试考的都是进取心，我们经常是被进取心和使命感推着前进的。

大学毕业后，有的人选择就业，有的人选择继续深造。只要选择随着生活继续前行的人，都是突破人生围城的战士。

如果此刻你的内心还不确定你现在的选择，那不妨向身边有相同追求的朋友、前辈取取经。我遇到过许多长辈，他们对我都有着类似的评价："还保留着孩子的心性。"

我赞同他们的描述，认为这也许是上天给予我的一种天赋。因为对这个世界还抱有幻想与期待，还想要去一点点创造更多的美好，所以我想将我的所有，包括我的思考，都奉献给这个世界。

我们都是从愚昧无知，到有了自律自觉，到后来学会了选择，才慢慢走向社会，所以不要害怕做出选择，虽然在憧憬前进的过程中，幼小的我们也难免会迷失——受到打击，自暴自弃；得到奖赏，又飘飘然……

在追求成功的路上，我们要先学会的是内心所想臣服于理性，因为那些不具理性的想法，最终都是不会成功的理想型。

只有生命不停地奋斗，内心才会越来越强大，随着内在不停地迸发，生命才会愈来愈有力量。

我脑海中的生活越来越有镜头感。当人们对精神文明的追求越来越高时，我们对于生命光芒绽放的需求也就越来越大。人生有无限可能，我们也会遇到无数其他人。往“崇高”的角度讲，我们会与不同的生命体摩擦，然后找到人生的真趣。

作为一名写作者，上天赋予我的心性就是去捕捉故事。那些情思与共的作品，情感背后道出的都是人生哲学。慢慢地，我的文字想要用最简单浅白的方式传递信念，说明积极的意义。

很多人误以为，写作就是最简单的情感宣泄。其实不然。情感太外露，则缺乏对自我本身情感的反思。有很多人，根本就不会去追求真实的笔墨让叙事圆满，仅靠灵感的闪电妄想将情感用力过猛的地方表露出来。这是痴人，而不是真人。

文学故事的书写就像与爱人相拥，彼此把对方照得透亮。我也曾纠结，在文学路上何去何从。仅做一个平庸一点的文字从业者，似乎能让我的快乐更持久一点。但做人须有的基本的执着，无谓中庸。

若干次“思想改造”过后，我依然是文字从业者里的弱势群体。师父曾对我讲“文学家必须要谦卑”，是的，很多事物背后都是好坏参半的。

文字可以点亮我的人生，也许它只能燃烧片刻，那我也不愿做一个长存于都市里的“蛮人”，我要用文字去武装自己，立场鲜明地去捍卫那些被不公平对待的善良。

不忍在年少祭奠青春，不敢在少年歌颂永恒。每一次创作，都是征途。每一部作品的诞生，都像生孩子一样艰难。我的每一个字，都是我的人生态度。

如果你也能读懂，那么很高兴，我们心有灵犀。

行差踏错不要紧

不知从什么时候开始，处理问题的方式越来越冷静。开心就笑、难过就哭的感知与表达都变得十分珍贵。越来越多的人害怕听真话，不敢讲真话，原来“真实”也需要很大的努力。

生命教会我们，行差踏错不要紧，经历本身就是一个反思的过程。

过去两年，我都在病痛中度过，良药苦口让我记住了以后该如何善待自己。

或许只有当你处在低谷的时候，才会明白人生一定要为自己热爱且梦想的样子去努力追求一次，即使是紧绷着力气，也要让自己从情绪的低洼中颤颤巍巍地走出来。

生活不是死循环的，被逼到死角只是因为自己走错了方向而已。还有人爱你，还有想去做的事情，还能看见希望，便要风雨无阻。

休学一年后，为了继续学业，如今每周北京、澳门两点一线地飞，想对自己说一句“你辛苦了”，话在嘴边百转千回却总是说不出口。还好，这两点一线之间有一条是回家的路。计划不能按时执行没关系，但不要一直拖，拖到垮，拖到没有结果……

答应自己的事做到了，才不会对自己失望，带着焦虑和恐慌进入新的人生阶段。这种笃定，是苦难过后笑着走出来的人才会拥有的。

已经很久没出去放放风了，快记不得疯起来是什么模样了。直面朝九晚五的生活，人永远只会对自己喜欢的人或事物主动。想要一个身体健康、洒脱随性的自己，就要不断地努力，锻炼身体练就一身本领。

这个年纪披星戴月都是自己选的，每一个奔波打拼的人为了梦想也为了生活。那些看似无休止的煎熬都是纸老虎，因为岁月会老，只要不放弃斗争，烦恼就会越来越少。

当你想要逃避现实的时候，会发现哪里都充满烟火气。当你乐观地去面对那些琐事，起码能维持着最基本的生活秩序。凭自己的能力将日子过起来了，才算真正的有归属感。

尤其是女孩，面对生活的酸臭味时不是喷一喷香水就能盖住的，但是也请你们相信，再豪华的副驾驶也不及自己手中的方向盘。

当一件事将自己整得崩溃时，就去尝试着给自己找不同的事做吧。累了、𡊅了，都可以回家诉诉苦，说完了依旧要面对现实，打理自己接下来的路。

我也在家里哭了无数次才有今天的淡定，淡定地面对别人的闲言碎语、朋友的渐行渐远、工作中的力不从心、亚健康的自己和偶尔会遇到的不愉快。心态不崩便能以不变应万变，成年人之间的比较多数在心态上。

对新知的渴望让我们的生命更鲜活，历练并非成长的修罗场。时间花在喜欢的东西上，心思用在努力的方向上。

人生苦短，智者无畏，行差踏错不要紧。

槟城素忆

现代人总是喜欢去寻找逐渐流失的文化记忆，为了寻觅先人的足迹远走他乡。

趁着年假二下南洋，随处走走都是来自华人的节日惊喜。走不完、看不厌的老街，槟城的云总是揣着阳光，软绵得让人目不转睛。印度洋的海风，比手机里收藏的上世纪的沿海小调还耐听。

乔治城里地板都被行人走得亮晶晶，年代久远连砖瓦都成了古董。爱情巷的壁画安安静静地置身于墙壁，斑驳的墙面与这瞬息万变的人潮形成有趣的映衬。为什么喜欢槟城？因为这里有中国的年味风景却没有令人窒息的拥挤。

我有拖延症，回来好几天才码下这篇文章。很多的小美好无法用相机和眼睛记录下来，比如香喷喷的娘惹菜的味道，有华人的地方洋溢出来的幸福的味道。这些看似平静的日常里都在诉说着一个个温情又不算平凡的故事。

汕头街就像老广东，看似静谧，一到夜里就人头攒动。尽管走了三次好像已经熟悉了这里，还是会迷路。店铺都设计得简单小巧，稍一转身就错过了百年老店。这里的商家朴实可爱，跟门店一样无须任何噱头，白日也过着悠闲愉快的生活。

像一个新世纪的人来到了旧世纪一般，碰撞感的体验足够特别。从升旗山上往下看，万家灯火都变成了色彩斑斓的小小纸灯。第二天清晨去碧绿分层的大海边，渐变色的小鱼也在踏浪逐日。

司机小岩已经是第二次接待我了，他是一个来自北京的年轻小伙，卖了房子来到这里，如今已经在槟城安家落户，还经营起了自己的民宿。他的经历告诉我，世上有千座山，面对人生却只有一次真挚的爱。一生要走很多的山路，一段又一段，熙攘人流浪潮汹涌，有方向就勇敢地去攀爬，总会找到属于自己的生活，有人陪你家长里短，就算喝多了宿醉也有人陪。

可以想象上世纪的槟城景象，这里不止有各家姓氏旧祠堂，也藏着那一代华侨们背井离乡的岁月。在街边买买手办，坐下来喝一杯白咖啡，听着暖心又腼腆的陌生老伯给我们讲发生在这里的青春故事，和久久不忘的心仪姑娘。这里的一切都不复杂，甚至有些单调，但一茶一饭都有它的光辉；这里没有让人应接不暇的游乐项目，但你沿途经过的每道风景都像自己想去的地方。

一场文化追思的背后，是一颗想要传承的红心。

许多传统习俗、民俗文化在槟城保留得非常完整，来这里轻松地走过都觉得颇有味道。那些匆匆一瞥的文化形式也成了让人一来再来的理由。

这座古老的城市告诉我们：故事就是生活。

关于槟城的故事，意犹未尽。

长长的路慢慢走，深深的话浅浅说

青春是有质感的，因为我们愿意脚踏实地。可是它有些不讲道理，像个任性的孩子。它想走就走，不容我们说任何关于挽留的致辞。

一开始我们都希望成为优秀的人，可是到最后，我们都希望自己成为不留遗憾的人，因为不怨过往，才是最可爱的姿态。

时光流逝，蹉跎了我们的容颜和心灵。也许梦想有一天会荒草丛生，也许有一天我们喜欢上谁不过是“见色起意”，也许有一天我们终其一生的选择不过是权衡利弊。漫漫长路，克服了无数个对未知的恐惧，再不温柔的生活，也能熬过去。但终究我们是可爱的人，还会微笑，也能挣扎。

都说喜欢旋转木马的女孩子很可爱，有甜蜜的梦乡、有美好的祈祷，还有不假思索的天真。其实，这些姑娘内心深处已经被无法遮掩的孤独感充斥。旋转木马是一个残忍的游戏，它们永远在可望而不可即的距离中相互追逐，周而复始地隔着“永恒”。所以，可爱的外表下也许就是残酷的另一面。就像巧克力看上去很好吃，可是夹心却是苦的。

长长的路我们慢慢地走，深深的话我们浅浅地说。可爱的人会让幸福的时长无限扩张，要学会拥抱幸福，就像我们身边从不缺少拥抱，而是缺少一颗敢于亲近的心。

矛盾好像无处不在，解决矛盾成了不得不做的事情。生活中我们都喜欢那个会化解矛盾的人，这样的人看起来聪明又可爱。其实人没有天生蠢笨的，只是后天的勤奋让某些人看上去天赋异禀，但我们每个人生来都是可爱的。

有人对我说：“你真是个可爱的姑娘。”这个评价很高，我欣然接受。白天我喜欢温暖地过日子，黑夜我喜欢安然入睡；人前我努力学习、拼命工作，人后我自由慵懒、生活惬意；从不会因为不顺心的事抱怨人生，活着就是最大的恩赐；喜欢动物，喜欢植物，喜欢这个星球存在的一切生物。可是我这个人也有仇必报，自认为除了父母，不欠任何人，所以谁也没资格将我当软柿子捏；也讨厌丑陋，讨厌虚伪，讨厌一切负能量的事物。如此爱憎分明，倒也真洒脱。所以你说，我可爱吗？

莫泊桑说：“生活不可能像你想象的那么好，但也不会像你想象的那么糟。”我们无法改变这个物质世界的客观规律，那就做好自我调节吧！我们生来都是可爱的孩子，千万别迷失了自己，这样的青春才会闪闪发亮。

谁的迷途正知返

真是谜团一样的人生啊，一路都走得很顺利的人突然遇到风暴，被伤害得体无完肤。在静养的日子里就开始思考过往：做了什么事让自己摔得如此惨重？是不谙世事的年纪里剑拔弩张的个性？

很久很久没有动笔写作了，状态不太好，或者说，近期的我一直在思考。思考是需要全心全意的，对自己生活中的失意推本溯源还是很煽情的。

先从自己那些细枝末节的变化开始吧——

一个喜欢听慢歌的人，突然开始迷恋热烈的摇滚。

一个从来只喝水不喝饮料的人，突然疯狂痴迷珍珠奶茶。

一个喜欢与人为善的人，竟不知如何与自己为善。

这些都是我的症状，却没有找到症结。

伤痛自由地游走着，没有禁锢之所，跟我生性喜欢流浪有关吧！既然是心病，那便不必四处求医问药，偶见平常心时给自己开一个处方。心是因为寒冷，才会有病症，若是它温暖起来，便不治自愈了。

要有阳光才能赶走寒冷，想要承受住人间的风浪，便要在漂泊的时候慢慢读懂自己的命理。这世上很多人和事，都是需要互相成全的。玛丽莲·梦露的裙摆成就了曼哈顿街头的风，周杰伦的歌唱红了塞纳河左岸的咖啡店。希望未来的某一天，我的文稿可以让你们记住我曾经待过的地方，和一个聪明又温柔的我。

走到今天，才发现所有的碰撞都是天意难违。如果上天想让你过得辛苦一点，那就认命，努力让每次快乐的时间尽量持续得长一点。作为一个天天和文字打交道的人，喝一碗扎实的排骨汤，会比自己念叨“诗和远方”营养成分高很多。看到这里你也许会觉得我不成熟吧，没关系的，我又不是苹果，你还等着我成熟的那天自己从树上掉下来吗？

每个人都有感觉特别丧的时候吧，尤其是单相思的人。

我的闺密那天耷拉着脸问我：“你会变魔术吗？”“嗯，一点点吧！”“那你变成我喜欢样子好不好！”“神经病……”她一脸“嗯，我可能是神经病”的表情，我只好抱了抱她，安慰道：“小命要紧，都这样了，迅速结束你的喜欢吧！”

其实无论你喜欢的对象是否对你也倾心，他一定会在你喜欢他的过程里教会你一些什么，哪怕你学到的道理会有点残酷。

我可能永远都做不到不动声色地把每件事都做得漂亮，毕竟我是属鼠的，好动，但我会用心地去体会每一个过程，然后用笔记录下来。那些我们做不到、理解不了的事，也许有一天时间可以帮我们做到、想明白。

每个人的安全感，大多来源于对自己的偏爱，活好这一生，无非就是满足自己所有的欲望。有时候难免会觉得低落，这也只是因为自己没什么情绪树洞可以发泄。慢慢地，时间会让我们沉稳许多。

希望我们都可以有一颗慈悲心，活得长长久久，不会成为自己讨厌的那种人。

人生如逆旅，我亦是行人

人生如寄，多忧何为？今我不乐，岁月如驰。

——曹丕《善哉行》

仿佛每隔一段时间网上就会掀起一阵讨论：是否该逃离北上广？最新的导火索是突然暴涨的房租。居所向来是大事，毕竟没人愿意半夜被房东赶出来，在街头畅想伟大的人生理想。

听过很多漂泊的故事。远的有电视采访里，那些功成名就的明星、富豪忆苦思甜，追溯自己刚刚“北漂”时住在地下室的日子；近的有同学准备来京工作，我一路陪同她从东四环转到西四环，跨过偌大的北京城，寻不到一处合适的栖身之所。

人生怎么这么难？这大概是每个人都曾有过的疑问。没有一种人生是一帆风顺的，随心所欲不是幻想，而是妄想。即便是所谓会投胎的人，好比大观园里那位衔玉出生的怡红公子，也照样须苦恼仕途经济，更别提理不清又乱心肠的儿女情长。

谁不是在红尘中飘浮呢？身要有居所，心也要有安放。在这个没有恒定之物的世界，一切仿佛无法寄托，晃晃悠悠走在人间，回头不免道一声“行路难”。

“人生如逆旅，我亦是行人。”这是苏轼送别朋友时写下的一句诗。大文豪苏轼的一生可谓波折不断，仕宦生涯更是可以写成一段“发配史”，人到中年经历丧妻丧子，那句著名的“十年生死两茫茫，不思量，自难忘”，便是出自悼亡发妻之词作。

但是，除了留下千古惆怅的悲情诗句，提起苏轼，人们也能联想到他的生活趣味。相传“东坡肉”的来历就与苏轼有关。苏轼被贬黄州之时，不仅亲自开荒种地，自称“东坡居士”，还乐于烹饪之事，研究起了红烧肉的做法，并将经验写入诗中，后来因为四处做官，东坡肉的名声也随之传遍了大江南北。

聪敏而豁达的苏东坡，自有消解人生万古愁的妙法。所以，我们也读到了他写下的“诗酒趁年华”“此心安处是吾乡”“一蓑烟雨任平生”之类的逍遥文字。后代大才大德多推崇苏子，与他的满腹经纶有关，更与他淡然的人生态度脱不开关系。

英雄迟暮，美人白头，即便没有什么人生坎坷，仅凭岁月的侵蚀已经足够令人悲伤，又有几人可以看开呢？

生活是一场艰难的旅行，挫败难逃，失意难免。每个人都有不为人知的烦恼。年少轻狂的时候，也曾有过“我命由我不由天”的激昂斗志，只消去社会上摸爬滚打一番，就会明白以前大人口中的“无能为力”是什么意思，也开始理解影像文字中那些沉重的人生是真实存在的。凡事都有可能发生，人生不存在夸张的命运。

有时也会突发奇想：如果说物竞天择，那么生活其实是一种幸存者的游戏，从远古的时间算起，此时身上存活的是万千年传承的基因，历经多少天灾人祸才呼吸到一口今天的空气，如果这都不算伟大，那还有什么是更值得称颂的？这样想一想，就没有不好好活下去的理由。

曾经看到一个网络征集帖，问大家感觉最绝望的一句话是什么。心中突然浮现这句：“人在爱欲中，独来独往，独生独死，苦乐自当，无有代者。”直指命运的荒芜与孤寂，无所依靠，无有凭仗，那是当时的我认为最可怕的事情。后来经历多了，出外读书，出外工作，一个人回家，一个人吃饭，发现这并没有想象中那样难。你勇敢一点，生活也会格外照顾你一点，所谓命运眷顾努力的人，一切由心造罢了。

有人说，人生没有无用的经历。走的路愈多，愈认同这个道理。当然要尽量避免失败和不幸，但如果真的遭遇了，也没必要怨天尤人，也许其中就有顺境中无法获得的知识与心力；反向来说，这何尝不是一种苦难的补偿。只是首先你要明白这个道理，才能迎接命运发起的无常挑战，从中收获力量。

智慧的古人早为这趟生命之旅做出说明：人生不如意事十之八九。你今日遭遇的，也必有人正在遭遇，没有天塌下来的事情压在你一人的肩膀。不要放大痛苦和灾难，也不要急着和命运申辩，挺住，并试着看淡，相信一切都将过去，总会有柳暗花明的一天。如果真的无法承受，也不要一个人默默忍受全部。很多时候，是命运如此，不是你的错误，不要惩罚自己，对自己好一点，既然人生已经这样难。和朋友聊聊天，买一身新衣服好好打扮，去一家在收藏夹中存了很久的餐厅，要学会取悦自己，快乐才是人生的必修课，起码要及格。

我们说，每代人有每代人的命运，有幸运的地方，也有不幸的地方；但不论面临哪种命运，总会有时代的宠儿和弃儿，区别就在于个人对世界的认知和选择。这需要智慧，也需要情商。读万卷书和行万里路是两条并行的命运线，为了增添知识，也为增长阅历。当你拥有足够开阔的眼光，就不会惧怕做出选择，也不会囿于眼前的烦恼；而当你掌控了自己的情绪，就不会被世事的摇摆而左右人生的方向。

回首往事，那些曾经刻骨铭心的事情早已变得云淡风轻，所谓时间可以抚平一切伤痛，其实平复的正是当时深陷其中的负面情绪。为什么不可含怒到天明？为什么不在午夜做出重要决定？因为潮水般难抑的情绪会让一个聪明人也难逃一叶障目的境遇。如果真的不能避免做一个情绪化的人，那就相信这一句吧：当你面临无法挣脱的困境——只要活着，就会有好事发生！

大道至简，世界本不复杂，自有一套既定的游戏规则。沉浮其中的我们，需要掌控的只是自己的心，认清世相，认清自我，一切就会很明朗。无不可过去之事，有自然相知之人。那些没有打败你的事物，会在你今后的人生中熠熠生辉，成为这场荣耀之战的注解。未来可期，请你一定相信。

策我良马，被我轻裘。

载驰载驱，聊以忘忧。

不要急，以后你都会拥有。

一米以下
儿童免费

后记

我们都是

努力工作，赚钱生活，绝不动心。

这是多少姑娘认为的自如的状态。因为爱而不得的感觉真是太讨厌了，所以更愿意一个人生活，至少我们可以端正对生活的态度——安静、自由、独自，却不孤独。

有人看着镜子里开朗明媚的自己，觉得独居的日子也算悠闲自在；有人想着这偌大的城市，自己还是一个空巢青年、独居女孩，也会觉得安全感被不断瓦解。同吃五谷杂粮长大，人与人之间的差距就是那么大。但是谁都没有错，只要你没有浪费光阴、浪费成长的机会。

人生啊，并非都按照你的美好计划在进行。所以有人在过往的跑道上跑得气喘吁吁，有人在原地踱步观望前路是否坦荡。尽量让自己变成优秀的人吧，优秀的人更容易懂得幸福感对于人生的意义。

不介意独来独往，也不害怕人来人往。不令自己为难，保持理想的状态。始终清楚自己还有时间，但要抓紧时间。是否野心勃勃不重要，愿活得可爱。幸福感的源头是被自己喜欢。

当你厌世的时候，你讨厌的是自己。你不喜欢自己，才会厌倦生活。因为谋生的压力，而丧失正视自己的能力，这是一种生命灵感枯竭的表现。而常被忽略的是，自己本来就是一道光啊！不信你低头看，你的影子在不在。

生命里总会有一些微小的瑕疵，儿时满怀希望地列出自己想要完成的人生课题，尔后却一次次妥协投降，在某一天回首时，甚至想重新捡回自己曾经丢掉的许多东西。但就是在这样不完美的生命过程中，我们日渐成熟与强大。我很相信吸引力法则，总有一种力量在引领着整个宇宙运转，而如小小星辰一般的我们，就算前方道阻且长，也会遇见其他气场相合的同伴，灼灼发光。

所以女孩，如果你虔诚又努力，会有星光为你照亮前行的方向。

窗外人声依旧此起彼伏，城市的车马声也在喧闹着烟火人间。这世间一切的繁华都在提醒我们，不要只活在自己狭隘的世界里。我们是众生中的一粒浮尘，难免渺小不知方向，所以就算与谁走散了，也别太计较。

等时间嘉许，经历过许多故事后你就学会了如何扛起苦难。等你有了面包，不再只看到爱带给你的压力与恐惧，你将学会不再强硬地过恰到好处的人生。不同的阶段有不同的无力感，这些都是蜕变。只要你在这个世上存在一天，那么每一天都是你的面试。成长一定会遇见诸多的不善，苦中作乐也是一种修行。这世上没有人无所不能，只要能自己独当一面已经足够。希望你见过世面以后能更加得心应手地处理与这个世界微妙的关系。

苦尽甘来的人，我们都是。

图书在版编目（CIP）数据

撕几页青春，换一个努力的自己 / 文吉儿著. -- 北京 : 北京时代华文书局，2019.9
ISBN 978-7-5699-3177-8

Ⅰ. ①撕… Ⅱ. ①文… Ⅲ. ①随笔—作品集—中国—当代 Ⅳ. ①I267.1

中国版本图书馆CIP数据核字(2019)第186633号

撕几页青春，换一个努力的自己

Si Jiye Qingchun Huan Yige Nulide Ziji

著　　者 | 文吉儿

出 版 人 | 陈　涛
特约监制 | 曾　丽
选题策划 | 石乃月
责任编辑 | 石乃月
封面设计 | 孙丽莉
版式设计 | 王艾迪
责任印制 | 刘　银　范玉洁

出版发行 | 北京时代华文书局 http://www.bjsdsj.com.cn
北京市东城区安定门外大街136号皇城国际大厦A座8楼
邮编：100011　电话：010-64267955　64267677
印　　刷 | 凯德印刷（天津）有限公司　022-29644128
（如发现印装质量问题，请与印刷厂联系调换）
开　　本 | 880mm×1230mm　1/32　印　张 | 7　字　数 | 126千字
版　　次 | 2019年11月第1版　印　次 | 2019年11月第1次印刷
书　　号 | ISBN 978-7-5699-3177-8
定　　价 | 42.00元